Literatur Atelier
herausgegeben von Anne Jüssen

Verlag Frauenmuseum
53111 Bonn, Im Krausfeld 10
Druck: Hundt Druck GmbH, Köln
Umschlag - Grafik von Constanze Dinné, Berlin
Umschlaggestaltung: Lara Jüssen
Copyright: Ursel Langhorst
Bonn, 2009
ISBN-Nr.: 978-3-940482-23-5

# Ursel Langhorst

## Aus dem beiläufigen Leben der
## Elsbeth Sundermann

Literatur Atelier
Frauenmuseum

Sie bemerkt den leichten Nieselregen spät.
Eigentlich fällt er ihr erst auf, als sich die Zeitung,
worauf sie die Iris und Nelken gebettet hat,
dunkler färbt. An der Innenseite ihrer rechten
Hand klebt ein Fetzen feuchtes Papier. Sie reibt
ihn ab. Ein schwärzlicher Fleck bleibt zurück.
Als sie die Efeuranken ordnet, wundert sie sich,
dass schon neue, hellgrüne Blättchen an den
Spitzen der Ausläufer sitzen.

Später stellt sie die Nelken ans Fußende, obwohl
es ungewiss ist, ob die Mutter die Nelken nicht

lieber neben dem Kopf oder auf der Brust gehabt hätte.

Langsam richtet sie sich auf. Es regnet wirklich. Elsbeth Sundermann macht es nichts aus. Sie steht ein Weilchen und schaut in die tropfenden Bäume und Sträucher.

- Nun müsst ihr nass werden, denkt sie, aber bald wird das Laub dicht sein und den Regen aufhalten, eine Zeit lang.

Wie es in Rinnsalen zu Vater, Mutter, Tante hinuntertropft, das will sie sich lieber nicht vorstellen. Mit der linken Hand prüft sie das gestrige Blumenwasser. Etwas schmierig kommt es ihr vor.

Sie öffnet den Schraubverschluss der Sprudelflasche und gießt das von zu Hause mitgebrachte Leitungswasser in das Einmachglas. Jeder soll ein paar Iris bekommen, denkt sie. Sie teilt auf. Drei dünne Sträußchen entstehen. Diesmal hat sie beim Friedhofsgärtner weniger eingekauft. Sie muss genügend Geld übrig behalten um den Besuch vorzubereiten. Wenn Albrecht kommt, diesen oder nächsten Sonntag, will sie was im Haus haben. >Was im Haus< so nennt sie Braten und Schinken, frischen Holländer und ein paar Scheiben Lachs (weil er den gern isst).

Sie wird jetzt ihre Arbeit fertig machen und dann noch beim Metzger vorbeigehen. Wenn es nicht zu spät wird.
Die Erde klebt an ihren Händen. Das Leder ihrer Schuhe hat sich vollgesogen. Der dunkelblaue Lodenmantel wird schwer. - Bis morgen wird er wieder trocken sein, denkt sie. Ihr Schirm lehnt an der kleinen Hecke. Sie wird ihn nachher - auf dem Rückweg - aufspannen. Jetzt braucht sie keinen Schirm. Sie nimmt sich Zeit. Der Regen stört sie nicht.

Als sie fertig ist, streift sie mit dem feuchten Zeitungspapier die klumpige Erde vom Häckchen und steckt es, ebenso wie das kleine matschige Papierknäuel, in eine Plastiktüte. Sie lässt nicht gern Papier hier auf dem Abfallhaufen. Nur die welken Blumen. So ist es gedacht.

Langsam geht sie die aufgeweichten Wege hinunter. Unten, neben der Kapelle, haben sie jetzt fünf kleine Bungalows gebaut. Kaum mehr als sarggroß, damit man die Toten gesondert aufbahren kann. Jeden Bungalow mit schwerer Tür, Lüftungsklappe und abschließbar. Rechts neben dem Friedhofstor stehen die mageren Kreuze des kleinen Soldatenfriedhofs. Zweimal im Jahr bepflanzt die Stadt die Anlage. Zum Volkstrauertag bringen ein paar Leute Gestecke aus Kiefer und Hartlaub hin, auch Elsbeth Sundermann. Denn sie denkt an ihre Brüder, die in Russland und Polen beerdigt sind. Wo? Für die

Mutter war es das Schlimmste gewesen, nicht zum Grab der Jungen gehen zu können.

Wer weiß, seit die Grenzen geöffnet sind, - vielleicht kann man jetzt zu den Gräbern fahren? Die Zeiten haben sich geändert. Aber sie ist noch misstrauisch. Man weiß nicht, was noch kommt.

Sie schiebt das schwere, schleifende Gittertor auseinander. Kein Mensch ist an diesem Nachmittag zum Friedhof gegangen, denn das Tor ist geschlossen, wie sie es vor zwei Stunden geschlossen hat. - Unser Elsbeth macht die Türen und Fenster immer sorgfältig zu, hatte die Mutter häufig gesagt.

Ja, das war ein bisschen wie eine Krankheit, weil sie nicht davon lassen konnte, sie musste immer noch einmal prüfen und noch einmal und konnte davon nicht lassen.

Dass es ihr zunehmend mühevoller wird, das schwere, eingerostete Gittertor zu bewegen, beachtet sie auch heute nicht.

Man hatte der Straße zum Friedhof eine Teerdecke gegeben und am Ende einen Parkplatz angelegt.
Vielleicht könnte der Albrecht, wenn er am Sonntag kommt, mit ihr im Auto hier hoch fahren. Sie wird ihn fragen: Hast du Lust, mit zum Friedhof zu fahren? Aber drängen will sie nicht. Falls er keine Lust hat.

Der Metzgerladen ist schon geschlossen. Das sieht sie von weitem. Ist es denn so spät geworden? Seit dem Armbruch, damals vor dreizehn Jahren, als die Mutter starb, trägt sie keine Armbanduhr mehr. Die Wohnzimmeruhr genügt ihr. Sie geht jedoch etwas vor. Eine halbe Stunde am Tag, schätzt sie.

Vielleicht wird der Albrecht am Sonntag mal nachsehen. Von solchen Dingen versteht er etwas. Eine Dichtung für den Wasserhahn hat er

ihr letzten Sommer auch angebracht (obwohl sie fest zudrehte und sich auch noch mit einem Lappen half, wenn ein Hahn tropfte).
War er denn so lange nicht da gewesen? Eigentlich hatte er sie Weihnachten besuchen wollen. Da aber war die Einladung der Eltern seiner Freundin dazwischen gekommen. Sie hatte Verständnis. Er konnte ja nicht gut sagen: Ich muss meine Großtante besuchen.

Es regnet stärker, und sie entsinnt sich des Schirms, den sie wie einen Krückstock mit sich führt.

Als sie in die Hauptstraße einbiegt, die einmal Kaiser-Wilhelm-Straße hieß, dann in der schlimmen Zeit Adolf-Hitler-Straße, da fällt der Schatten ihrer Jugendjahre aus dem Haus. Neben dem Gasthof zum Park, hier im ersten Stock des Hauses, das der Mutter des

Ortsgruppenleiters gehörte, hatten sie gewohnt, als sie vom Dorf, - wo sie geboren war und ein paar Kinderjahre unter Enge und Angst aber mit einem geliebten Großvater verbracht hatte, - weggezogen waren.

Die glitschige Kellertreppe ihres Vaterhauses aus dem schwarzen Stein fühlt sie noch unter den Füßen. Der Vater hatte eine Ratte erschlagen. Ihr Quietschen! Das Regal mit dem Eingemachten als seltene süße Geborgenheit im hinteren Keller, der für sie unbewegbare Vorschubriegel am Gartenausgang, der Geruch nach gekeimten Kartoffeln, einem alten Hühnerstall - denn hier war tatsächlich mal einer gewesen, - alles stand vor ihr. Und auch die Angst, als sie die Zwillinge festhalten sollte, während die Mutter die Betten machte, festhalten, damit keins runterfiele von der Kommode, und sie links einen am Bein und rechts einen am Bein hielt und die Zeit nicht vergehen wollte, bis die Mutter sie von der Aufgabe erlöste und sagte: Ist gut, Elsbeth, jetzt kannst' zum Großvater hoch! Der dann die Bücher und die Bibel beiseite geschoben hatte, auch die Lupe auf den Tisch gelegt, und gesagt: Das Schneeweiß kommt! Setz dich her, wir

betrachten die Schmetterlinge: Und seit dem hatte sie sich wohlgefühlt durch die Schmetterlinge, die man nicht anfassen sollte, wie der Großvater sagte, die leise waren und schon tot aber trotzdem schön.
Und später kam dann der Umzug in die Kreisstadt. Das Leben wurde neblig, - so will sie es mal ausdrücken.

Sie schaut zu den undurchdringlichen Fenstern des ersten Stocks hinauf. Kein Großvater, die vielen Geschwister, der Vater weg, die Mutter kochte die Suppe, hackte das Gärtchen hinter dem Haus, nähte einen Vorhang, hängte ihn von der Decke herab vor die Betten der Mädchen, damit nichts passierte, weil die Jungen ja schon bald Männer waren. Bei der Mutter im Bett schliefen die Zwillinge.

- Warum weinst du in der Nacht?, fragte der Kleine am Morgen, als sie den Milchkaffee tranken.
- Weil der Vater in einer anderen Stadt wohnt und uns wenig Geld schickt.
- >Wohnt!< hatte die Gerda vom Herd her gezischelt.
Daran erinnert sie sich genau.
Dann hatte die Mutter die beiden Flinten vom Vater in eine Decke gewickelt und sie in das Geschäft vom Blechschneider gebracht.
- Na? Sie wollen was verkaufen? hatte der gesagt, sie so merkwürdig angesehen, ihr Reichsmark über den Ladentisch gereicht und grinsend gesagt: Die Flinten braucht der Mann wohl nicht mehr?
Die Mutter hatte das Geld in die Schürzentasche gesteckt, die Ladentür hinter sich zugezogen und zu ihr gesagt: Er soll still sein, der Blechschneider, sich an seine eigene Nase fassen!

Aber das hatte sie damals nicht verstanden, erst viel später, als die Gerda ihr so eine Andeutung gemacht hatte.

(Man musste sich schämen).

- Die Großen müssen eine Arbeit annehmen, das Geld reicht nicht, hatte die Mutter gesagt.
Zwei Wochen später hatte sie für Elsbeth eine Büroarbeit gefunden. Das war ihr erst nicht leicht gewesen. Vierzehn Jahre alt! Sie hatte sich nämlich beim Lesenlernen schwer getan. Käthi hatte in der Klasse bald fünf Plätze weiter vorn gesessen, obwohl sie doch vierzehn Monate jünger war, wie sie allen erzählte.

- Das Elschen ist zu ängstlich, hatte der Herr Lehrer gesagt. Darauf war der Vater Impfgegner geworden und bekam einen Ausweis, denn dass die Elsbeth so ängstlich war, lag daran, dass sie ihnen bei der Pockenschutzimpfung fast weggestorben wäre und danach immer viel

geweint hatte und dünn geworden war. Man hatte sie nur schlecht beruhigen können, besonders wenn im Herbst die Jungen mit den ausgehöhlten Rüben an die Tür gekommen waren oder zum Dreikönigstag, da hatte die Elsbeth geschrien und geschluchzt, und spät in der Nacht hatte der Großvater sie erst auf dem Arm in den Schlaf tragen können. Und auf den Familiengeburtstagen erzählten sie, dass die Elsbeth damals im Schlaf immer weiter und bis zum nächsten Morgen geschluchzt hätte.
- Das Kind hat zu viel Angst. -
Und so blieb es dann auch.

Später im Büro war es aber langsam besser geworden mit der Angst, weil sie sich im Duden zurechtfinden konnte, und der Amtmann ihr liebes Wesen lobte. Und Stenographie hatte sie auch gelernt.

- Der Kurs kostet Geld! In diesem Frühjahr bekommst du keine Schuhe, hatte die Mutter gesagt, und sie hatte Verständnis dafür gehabt. Dann mussten sie aber wegen der Füße zum Doktor, und der Doktor hatte gesagt: Das sind Hammerzehen, ungeeignetes Schuhwerk, zu kleine Schuhe, die Zehen müssen operiert werden. Ich rate Ihnen, es in Kassel machen zu lassen. - Und so wurde es dann auch.

Der Vater schickte ihr eine Dose >Schwanenweiß< gegen die Sommersprossen ins Krankenhaus, damit sie später mal einen Mann bekäme, aber dann kam der Krieg, und es wurde erst alles noch schlimmer, und jemand sagte zu ihr, sie hätte eine Judennase. Zum Glück waren ihre Augen blau, die hatte sie vom Vater, und die Haare ganz hell, deshalb hatte der Großvater sie Schneeweiß genannt, und deshalb hatte sie vielleicht doch keine Judennase, denn

Juden riechen so komisch, sagten die Leute.
Aber das konnte sie auch nicht so gut riechen
wie die anderen.

Und als sie dann aus dem Krankenhaus von
Kassel wieder nach Hause kam, da hieß es, ihre
Schwester wolle heiraten - den Herrn Groß - und
sie bekomme einen Schwager. Aber sie wusste ja
von nichts was, und die Tante sagte: Na, Elschen,
jetzt bis du dran! Vergiss nicht, als du klein warst,
wolltest du immer einen König heiraten!
Der Schwager schenkte ihr eine Handtasche und
den Jungen Fahrtenmesser, der Käthi eine rote
Halskette von Holzperlen und den Zwillingen ein
Dominospiel. Jeder bekam etwas, und alle
liebten ihn, obwohl er siebzehn Jahre älter war
als die Schwester, und dann musste er in
Stalingrad fallen.

Und weil die Schwester mit den kleinen Kindern in Thüringen saß, da hieß es: Elsbeth, fahr rüber nach Thüringen und hilf deiner Schwester. Aber das war nicht so einfach, es war ja Krieg, und sie war siebzehn oder achtzehn und wusste von nichts was.

Die Mädchen sollten zum Roten Kreuz und die Verwundeten versorgen. Sie bekam eine Schwesterntracht, dazu eine weiße Haube und die runde Nadel mit dem Roten Kreuz. Und in der eckigen Ledertasche am langen Riemen war Verbandsmaterial, und Käthi durfte auch schon am Kursus teilnehmen, obwohl sie erst sechzehn war, und die Brüder mussten in den Krieg, nein, nur der Klaus wurde eingezogen, Ulrich war erst später dran, freiwillig, sagte man, und er hatte den Vater (seit wann wohnte er wieder bei ihnen?) so gequält, bis er seine Unterschrift gab, denn der Klaus war schon gefallen, und dann hatte die Mutter viele Selbstgespräche geführt, weil sie es nicht verwinden konnte, und wenn sonntags die Glocken läuteten, hatte sie manchmal gesagt: Für unsere Jungen.

Später hatte sie immer schlechter gehört und dann nichts mehr, aber sechsundachtzig Jahre wurde sie alt. Wenn das mit dem Armbruch nicht gewesen wäre, hätte sie sie gar nicht zu Hause pflegen können. Der Doktor war so freundlich und hatte sie immer weiter krank geschrieben. Vier Monate hatte die Mutter gelegen. Und der Doktor hatte sie, als ihre Tochter, noch mal und noch mal krank geschrieben.
- Unser Herrgott hat es so gewollt, dass unser Elsbeth den Arm bricht, als ich ans Liegen kam, dass einer bei mir ist, hatte die Mutter auf dem Sterbebett gesagt.
Sie selbst hatte zwar nicht viel von den Pfarrern und der Kirche gehalten, aber nichts

eingewendet, dass die Mutter ihre frommen Lieder sang, weil sie ja nicht mehr viel hörte.

- Jetzt komm ich bald zu meinen Jungen, hatte die Mutter immer gesagt, - und die Elsbeth kriegt alles, weil sie nicht geheiratet hat und sich nie was hat zuschulden kommen lassen.

Nur mit dem Essen war es schwierig auf dem Sterbelager. Sie hatte es ihr nicht recht machen können mit dem Kochen, und der Doktor hatte gesagt, Zwingen Sie Ihrer alten Mutter nichts rein, fragen Sie sie nach ihren Wünschen, aber zwingen Sie ihr nichts rein! Und geben Sie ihr was zu trinken!

Aber wenn sie dann Sauerkraut gewollt hat, war es dann doch nicht recht, oder die dicken Bohnen oder das Fleisch haben ihr nicht geschmeckt und die Gerda ist mit frischem Kartoffelkuchen gekommen, aber den hat sie auch nicht gewollt.

- Du musst doch was essen, bei den starken Tabletten, Mutter!
Aber sie hat nichts mehr gegessen.
- Wein, hat sie gesagt, als sie gestorben ist.
Das sollte wohl das Abendmahl sein.

Als die Mutter starb, stand der Albrecht gerade im Abitur und rief ganz fröhlich an, er hätte den Schnitt für Medizin erreicht. Sie hatte ihm erst gar nicht sagen wollen, dass die Urgroßmutter gestorben war. Aber sie hat es ihm dann doch gesagt, denn er musste es ja wissen.

Die Bahnhofsuhr zeigt zehn Minuten vor sieben. Als sie schräg über den Bahnhofsplatz geht, sieht sie im Treppenhaus Licht. Die Putzfrau putzt die Büroräume. Das Haus gehört seit zwei Jahren einem jungen Rechtsanwalt. Er hat im Erdgeschoss und im ersten Stock seine Kanzleiräume eingerichtet. Nun will er sie,

Fräulein Sundermann, auch raus haben, denkt sie. Aber sie wohnt seit fünfzig Jahren hier - von der Besatzungszeit nach dem Zusammenbruch - (so nannte man das Kriegsende) unterbrochen. Solange die Engländer im Haus waren, wohnten sie unten in den beiden Kellerräumen.

So einfach wäre es nicht, sie hier rauszukriegen - nach fünfzig Jahren! Er hatte schon zweimal die Miete erhöhen wollen, aber sie hatte sich beschwert. Das lässt sie heute nicht mehr mit sich machen. So ängstlich ist sie nicht mehr. - Bitte, kommen Sie rein, hat sie gesagt. Warum sprechen Sie nicht persönlich mit mir? hat sie gesagt. - Sie sehen mich doch täglich. Warum schreiben Sie mir einen Brief, wenn Sie die Miete erhöhen wollen? hat sie gesagt. Was Sie wollen, können Sie mir sagen, und ich werde Ihnen auch etwas dazu sagen. Und wie sie so gesprochen hat, da klingelte es an ihrer Wohnungstür, und die Frau Müller stand da und war ganz erschrocken, den Herrn Rechtsanwalt zu sehen, weil sie seine Büroputzfrau war, und sagte nur: Frau Sundermann, ich dachte, Sie wären krank, weil ich Sie heute nicht gesehen habe, da wollte ich nur nach Ihnen schauen. Dann kann ich ja wieder gehen, ich denke auch an die Kellerfenster. Da hat er doch gestaunt, dass sie mit seiner Putzfrau Kontakt hatte, und dann meinte er nur noch: Einen schönen Abend dann, und von der Miete reden wir später einmal. Und als er weg war und die Frau Müller auch, hat sie natürlich noch einmal nach den Kellerfenstern gesehen.

Natürlich brauchte er noch einen Büroraum, dafür hatte sie Verständnis: Vier Zimmer sind doch etwas viel für Sie, Frau Sundermann! Aber sie will sich auch nicht von dem Raum trennen, der von außerhalb ihrer Wohnung zu begehen ist. 1949 hatte man ja einen Durchgang zum Schlafzimmer hin gebaut, damit die Gerda mit den Kindern dort wohnen konnte, obwohl es allen schwer gefallen war, dass sie dort einzog, weil sich der Lehrer Stabloch dort am Fensterkreuz erhängt hatte, weil sie ihn nicht mehr einstellen wollten als Lehrer, weil eine neue Zeit war, und sie ihn angezeigt hatten, dass er die Judenkinder verraten, die heimlich beim Küster gelebt hatten, und weil er ein dicker Nazi gewesen war, aber das Wohnungsamt hatte ihn nach der Besatzung da rein gesetzt, denn irgendwo hat er hingemusst, und in sein Haus hatten sie Flüchtlinge aus Westpreußen verlegt. Und als ihm alles zu viel wurde und er nicht mehr in die Schule sollte, da hat er sich erhängt. Weil der Brief von der Spruchkammer noch am zweiten Tag vor der Tür lag, hatte der Vater gesagt, er klopft jetzt, und wenn sich nichts rührt, holt er die Polizei. Und die Mutter hat gesagt:

Der Lehrer Stabloch wird sich doch nichts angetan haben? Und die Käthi hat direkt leuchtende Augen gekriegt und gesagt: Dem gönn ich nichts Gutes, und das Zimmer könnten wir auch brauchen, wo's mit der Gerda und den Blagen (sie sagte immer Blagen) so eng ist!
Und als die Polizei kam, hat die Mutter gesagt: Lasst uns hier in der Küche bleiben, man ist nicht so neugierig. Und später, wenn die Ida fragen würde, was los war, sollten sie sagen: Wir wissen es nicht! Sagt immer: Wir wissen es nicht! Das hat mir schon meine Mutter beigebracht - und sie war nur eine einfache Bauersfrau. – Kind, wenn dich die Leute was fragen, sag immer höflich: Das weiß ich nicht. So hatte die Mutter gesprochen. Und sie, die Elsbeth, hatte auch mit niemandem darüber geredet, und deshalb hatten die Kinder von der Gerda auch nicht gewusst, was mal passiert war, und der Kleine hatte immer viel auf der Fensterbank gesessen

und drüben zum Burgberg geguckt, denn das Zimmer hatte nur das eine Fenster, und sie wollte den Griff abmontieren, wie im Treppenhaus, weil ja an diesem Griff der Lederriemen befestigt gewesen war, dass die Kinder den Griff nicht anfassen, und zu Gerda hat sie gesagt, dass keins rausfällt, aber die Schwester hat's nicht zugelassen.

Und heute denkt sie, das Zimmer muss sie behalten, denn wenn der Albrecht mal eine Familie hat, dann ist er froh, wenn genügend Platz da ist, wenn sie zu Besuch kommen, und von dem Lehrer Stabloch weiß man ja nichts mehr. Wie lang ist das her!
- Geht's auch mit einem Kellerraum?, hatte sie gefragt, als der Rechtsanwalt von zwei fehlenden Kanzleiräumen geredet hatte. Ich überlasse Ihnen die Waschküche. Die Waschmaschine können Sie wegräumen.

Ich mache meine Wäsche oben, hatte sie ihm angeboten. (Sie war ja allein. Sie konnte sich Zeit lassen bei allem).

Das zweistöckige Haus, in das die Eltern mit ihnen 1944 eingezogen waren, lag in der kurzen Bahnhofstraße, schräg gegenüber dem Bahnhofsgebäude, neben dem großen, ehemals feinen Kinosaalbau >Orion<. Man hatte das Kino längst geschlossen. Wer ging noch ins Kino? Es gab ja Fernsehen. Auf der dem Bahnhof zugewandten Seite (der Bahnhof sollte ebenfalls stillgelegt werden) hatte jetzt der Italiener seine Pizzeria (sie selbst hatte sich noch nie eine Pizza geholt), und auf der anderen Seite hatte der Optiker seinen Laden umgebaut. Spiegel und Gläser überall - Osterhasen schon seit Februar. Sieht doch schick aus, meinte die Gudrun.

Vis à vis ihren Schlaf- und Wohnzimmerfenstern lag die Laderampe des Güterbahnhofs, früh morgens begann hier der Ladeverkehr. Als sie noch ins Büro musste, hat sie sich häufig über den Lärm geärgert. Aber sie war es so gewöhnt. Die Ladestraße schloss sich an, mit den Schuppen, dem Kornhaus, der ehemaligen Kohlenhandlung Koch, den Holzablagen des Sägewerks und den Gleisanschlüssen.

Dem Nachbarhaus zur Linken fühlt sich Elsbeth Sundermann seit vielen Jahren verbunden. Es gehört ihrer alten, bald achtzigjährigen Nachbarin Ida Kleinborn, geborene Florin, die noch mit vierzig Jahren geheiratet hatte, aber nun doch alleine lebte, weil der Sohn mit seiner Familie ins Rheinland gezogen war. Ida lebte von den Mieteinnahmen und der Rente, die sie aus den Zeiten der Waage angespart hatte. (Der Kleinborn, der nach dem Krieg Staubsauger verkauft hat, bis jede Familie einen >Kobold<

hatte, half ihr später beim Waagebetrieb). Die große Waage für schwere Lasten war nämlich in die Straße eingelassen gewesen. Das Fuhrwerk oder der LKW musste sich nur draufstellen, als sei gar nichts. Der Fahrer musste bei den Kleinborns klingeln. Alles weitere wurde veranlasst. Ida betätigte die Waage, die der Vater für sie eingerichtet hatte, falls sie mal nicht heiraten würde (was sie aber dann - so spät noch! - doch tat). Sie las also auf der Zahluhr im Hausflur die Tonnen und Kilogramm ab, schrieb diese auf die Quittung - mit Kohlepapier für die Durchschrift -, errechnete auf einem Blöckchen den Wiegepreis, indem sie die Kilogramm mit der Einheit multiplizierte (wie häufig hatte sie, die Elsbeth, zugeschaut!), trug dann den Endpreis sauber auf der Quittung ein, unterstrich mit Lineal, das sie wieder auf den Nagel an der Wand hängte, nahm das Geld in Empfang, piekste die Quittungsdurchschrift auf den

Nagelklotz, gab Wechselgeld heraus, wenn nötig, und steckte schließlich den verdienten Betrag in die große schwarze Geldtasche, die sie dann in der Schublade des Küchentisches aufbewahrte.

Das Schild:
    Waage -    bitte läuten!
wurde später ersetzt durch:
    Waage  -   7 - 12 Uhr
                  15 - 17 Uhr
fällt ihr ein. Heute gab es gar keine Waage mehr. Die alten Florins waren schon zwanzig Jahre tot. Der Kleinborn war vor sechs Jahren gestorben, nachdem man ihm sein Raucherbein abgenommen hatte (erst war alles gut, drei Wochen später gab's die Komplikationen), Ida war alt.

Als sie die wenigen Stufen zur Haustür hochgeht, merkt sie gleich, sie ist nicht verschlossen. Das ist ihr gar nicht Recht. In dem Punkt ist sie komisch. Sie wird es der Putzfrau sagen.

- Frau Müller, ich bin's, schön, dass ich Sie noch treffe! Es ist heute auf dem Friedhof etwas später geworden. Eigentlich wollte ich noch beim Metzger vorbei. Aber es war schon zu. Mein Großneffe kommt am Sonntag, da muss ich was im Haus haben. - Was ich noch sagen wollte, schließen Sie doch bitte die Haustür ab, wenn Sie putzen, man weiß heute nie, wer ins Haus reingeht. Ich schaue auch eben erst nach den Kellerfenstern, bevor ich hochgehe. Die Angestellten lassen sie hin und wieder auf, neulich erst wurde gegenüber in der Hauptstraße am helllichten Tag eingebrochen. Guten Abend, Frau Müller! Bis morgen dann! Ich gehe ja spät ins Bett. Nie vor zwei. Manchmal erst um drei oder vier. (Sie weiß, dass sie das Schlafen hinausschiebt, solange sie kann. Sie weiß auch, dass es eine Angst gibt vorm Schlafen in ihr. Sie weiß nicht, warum).

Sie hält sich an der seitlichen niedrigen Mauer fest, während sie die Kellertreppe hinuntersteigt. Die Kellerfenster scheinen auf den ersten Blick geschlossen. Sie rüttelt an jedem einzelnen. Dazu muss sie sich aufs Äußerste recken, denn die Fenster liegen fast unter der niedrigen Decke. Tatsächlich, das hintere Waschküchenfenster klappt auf, als sie es kaum berührt. Sie schließt es und denkt, wie gut es doch ist, dass sie noch einmal nachgesehen hat. Sie blickt die grauen, rissigen Wände entlang. Hier in der Waschküche hatten sie nach dem Krieg während der Besatzungszeit gelebt. Auf dem alten Waschküchenherd hatte die Mutter die Mehlsuppe gekocht. Über dem Wasserhahn hing der kleine blinde Spiegel, in den sie gelegentlich

unsicher hineingeschaut hatte. (Seitlich der moderne Kamm, Blondhaar, blaue Augen - aber die Judennase! - und die Sommersprossen). Den ganzen Tag über hatte sich keine Zeit zum Waschen gefunden in diesem Raum. Irgendeiner war immer da gewesen. Der Vater hatte so herübergestarrt. - Bilde dir nichts ein! sagte die Gerda dann. Wir waschen uns doch alle hier.
- Kannst bei mir schlafen, wir haben ja keine Besatzung im Haus, hatte Ida vorgeschlagen. Das hatte sie dann auch getan. Und wenn die alten Florins im Bett waren, dann hatte sie sich in der fremden Küche eingeschlossen und sich fertig gemacht. Die Ida hatte das geduldet. Und das hatte sie ihr immer hoch angerechnet. Später hatten die Florins dann, als die Ida mit vierzig Jahren - das musste man mal überlegen! - den Kleinborn noch heiratete, ein Bad eingebaut, weil der Kleinborn Beamter gewesen,

bevor er nach dem Krieg Staubsauger verkaufte, - und ans Baden gewöhnt sei.

Und wenn sie dann morgens rüber in den Keller gegangen war, hatte die Mutter schon den Muckefuck gekocht, dann saßen sie alle, auch die Gerda und die Kinder, hier in der Waschküche um den Tisch, auf dem zuvor die Wäsche zusammengelegt worden war, wenn man sie von den Leinen genommen hatte. Sie waren beisammen und drei fehlten. Die Jungen und der Mann von der Gerda. Und die Mutter konnte es nicht verwinden. - Der Hansi hat die Krätze, und man müsste ihn täglich baden, hatte der Doktor gesagt. Vielleicht würden die Schulen bald wieder aufgemacht, hatte die Gerda gemeint. Die Bärbel musste eingeschult werden. Wer wohl eine Schiefertafel besorgen könnte? Und Schuhe braucht das Kind auch! Heute sollte die Käthi erst mal nach Brot anstehen, um drei Uhr würden die Läden aufgemacht. Vielleicht

fährt die Elsbeth rüber in die amerikanische Zone? Da soll es mehr geben. - Vergiss die Marken nicht! (Heute weiß sie gar nicht mehr, in welchem Jahr die Lebensmittelmarken abgeschafft wurden). Der Vater stand auf und ging zum Büro. Die Zwillinge streunten am Bahnhofsgelände umher und kamen abends mit einem Sack Kohlen nach Hause. - Ich will nicht fragen, woher ihr die habt, sagte die Mutter. Aber sie helfen uns über zwei Wochen.
Elsbeth Sundermann schloss die Türen. Fünfundvierzig Jahre sind seitdem vergangen.

Der Linoleumbelag auf den Treppen glänzt noch dunkelrot und feucht. Als sie oben ist, prüft sie zuerst die Verriegelung des Treppenhausfensters. In den zweiten Stock kann zwar niemand mehr einsteigen, aber sie bleibt bei ihrer Gewohnheit. Als die Kinder der Schwester noch klein waren, sollte ja keins aus dem Fenster fallen, es war schon genug passiert - im Krieg. Sie hatte den Fenstergriff abgeschraubt, und das war gut gewesen, es war wenigstens keins rausgefallen.

Während sie die Wohnungstür aufschließt, hört sie schon das Telefon klingeln. Sie lässt es klingeln. Wenn sie nicht will, geht sie nicht ans Telefon. Albrecht kann es nicht sein. Er ruft nicht vor zehn Uhr an, weil er weiß, dass sie lange aufbleibt.

Telefon! Sie kommt ja gerade erst ins Haus, denkt sie.

Da! Das Klingeln hört auf. Mit einem Gefühl der Befreiung zieht sie ihren nassen Mantel aus und hängt ihn auf einen Kleiderbügel an die Badezimmertür.

Sie geht ins Wohnzimmer und nimmt die weißen Laken von den Sesseln und der Couch.

- Die Sonne hat ja gar nicht geschienen, denkt sie. Es war trotzdem gut, dass sie die Polster abgedeckt hatte, - man konnte nie wissen.

Sie tat es immer. Früher hatte sie auch die Vorhänge zugezogen. Aber das hat sie sich jetzt abgewöhnt, wegen der ausländischen Familie - sind es Türken? -, die über dem >Orion<-Saalbau wohnt. Zuerst war es ihr merkwürdig vorgekommen, dass die Leute so ohne Gardinen lebten, und sie hatte sich gar nicht getraut hinzugucken, wenn die Frau auf dem Tisch den Teig ausrollte, ihn mit Spinat bestrich, Vierecke schnitt, diese dann zu kleinen Taschen zusammensteckte, das Gebäck dann noch mit einer Milch- oder Eiersoße bepinselte, dann - so vermutete sie, weil der Herd weit in der linken Ecke stehen musste - im Backofen backte. Sie hatte sich auch zunächst nicht getraut zuzusehen, wenn die Frau die Kinder wusch, irgendwann mitten am Tag, von Kopf bis Fuß einseifte, abspülte, trocknete und sie dann wieder in ihre Kleider steckte. Aber eines Tages hatte ihr ein Kind zugewunken, und dann hatten sie alle herübergeguckt, gewunken und gelacht. Da hatte sie ihre Gardinen ein Stück weit aufgezogen, später etwas weiter und dann völlig beiseite gelassen.

Sie geht zum Fenster. Drüben brennt die Glühbirne an der Decke. Die Leute essen schon. Sie nickt hinüber. Der Vater winkt. Die Kinder drehen die Köpfe zum Fenster und winken. Als die Mutter an den Tisch kommt - vermutlich vom Herd - winkt sie auch.

Sie selbst wird jetzt ebenfalls das Licht einschalten. Man sieht zwar noch genügend, aber für die Leute drüben ist es angenehmer, wenn auch sie das Licht anmacht, denkt sie. Sie geht zum Schalter. Für Sekunden wird sie von der Helligkeit geblendet. Aber dann. Gleich sieht sie zu den Leuten hinüber. Sie winkt.

Zum Abendessen wird sie sich Spiegeleier braten. Zuerst jedoch wirft sie die Plastiktüte mit der feuchten Zeitung und der klebrigen Friedhofserde in den Müll.
Da! Das Telefon geht schon wieder. Es wird Ida sein, denkt sie. Wahrscheinlich hat sie sie nach Hause kommen sehen. Sie nimmt den Hörer ab. - Ja, bitte, wer ist da? (Tatsächlich Ida. Ihre alte

weinerliche Stimme. Musste sie immer so weinerlich sein?)

- Das Brötchen fehlt?
- Du hast kein Brötchen heut Abend?
- Nein, tut mir leid, ich habe auch kein Brötchen. Nein, kein Weißbrot.
- Du konntest nicht mehr beim Bäcker vorbei?
- Dir wurde schwindelig?
- Du solltest dir doch die Lebensmittel bringen lassen! Der Kurt will doch auch nicht, dass du noch einkaufst.
- Ja, dann musst du Brot essen.
- Nein, meine Nichte kommt auch nicht mehr vorbei. Sie begleitet ihren Mann auf einer Geschäftsreise.
- Es ist sieben! Die Läden sind zu.
- Ich wollte eigentlich auch noch zum Metzger. Der Albrecht kommt Sonntag.

(Warum! Ida will sie aushorchen. Sie überhört die Frage).

- Iss ein Brot oder Zwieback!

(Man durfte keine Ansprüche haben, wenn man alt war).

Elsbeth Sundermann ist froh, als die Unterhaltung beendet ist. Immer das Gejammer nach den Brötchen, denkt sie. Kann Ida sich nicht endlich auf das Alter umstellen?

Sie geht zurück in die Küche. Sie öffnet die Schnalle des Lederriemens, der um den Kühlschrank gelegt ist. Die Tür schließt nicht mehr dicht. Mit dem alten Gürtel kann sie sich helfen. (Zwar lachte der Albrecht: Tante Elsbeth, kauf dir einen neuen Kühlschrank!) Später vielleicht will sie sich einmal einen neuen Kühlschrank kaufen. Nachdem sie zwei Eier dem Schüsselchen entnommen hat, dessen Emaille an einigen Stellen abgeplatzt ist und das sie, um die Eier gut zu lagern, mit Butterbrotpapier - zuvor zusammengeknüllt - ausgekleidet hat, hebt sie auch noch den schweren Steinguttopf aus dem Gemüsefach - die Einschübe benutzt sie außerhalb des Kühlschranks für gereinigte Sahnebecher und Marmeladenglasdeckel -. In diesem braunen Topf hatte schon die Mutter das Fett verwahrt, weil er die Kühle hält. Sie macht es ebenso wie damals die Mutter. Denn erstens hält Elsbeth die Gegenstände der Mutter in Ehren und zweitens, was sollte sie ändern, wenn es der Mutter so recht gewesen war?

Sie wickelt den Speck aus dem Pergamentpapier, kramt das sichelförmige Schnitterchen mit dem vom Gebrauch dunkel und glatt gewordenen Holzgriff aus der Küchentischschublade und schneidet drei hauchdünne Scheiben Speck ab. Dass er vom Lagern schon gelb geworden ist, stört sie nicht, denn der Geruch wärmt sie, ranzig, süß, vertraut.

Anschließend stellt sie den braunen Topf wieder unten in den Kühlschrank, nicht ohne zuvor den Speck ordentlich hineingelegt zu haben - gemeinsam mit einem Rest Butterschmalz und einem Streifen Margarine. Auch den Lederriemen schnallt sie wieder um den Kühlschrank, was sie anstrengt, denn sie muss dazu nicht nur in die Hocke gehen, sondern auch noch kräftig ziehen, damit der Dorn der Schnalle in das äußerste Loch hineinzudrücken ist und der Riemen auch seine Wirkung tut - nämlich den Kühlschrank fest zuschließt.

Die Eier schlägt sie an der Tischkante auf und lässt das Flüssige in einen tiefen Teller gleiten. Nun kommt das Schwierigste! Sie nimmt eine Gabel und versucht, das kleine weiße Gerinnsel, das sich im durchsichtigen Eiweiß befindet - gelegentlich auch am Eigelb klebt, vom übrigen Ei zu trennen.

- Das muss man wegmachen, das ist vom Hahn, hatte die Mutter immer gesagt und sich, wie sie heute, von zahlreichen vergeblichen Versuchen begleitet, bemüht, dieses kleine störende Etwas - war es nun vom Hahn oder schon der Anfang eines Kükens? zu entfernen. Als sie es endlich geschafft hat, streift sie die Gabel mit dem Unrat an einem Streifen Zeitungspapier ab und wirft diesen in den Mülleimer.

Das hauchdünne Aluminiumpfännchen war ursprünglich kein Pfännchen, sondern ein Deckelchen gewesen. Es besaß deshalb auch keinen Stiel und musste immer mit zwei Topflappen vom Herd gehoben werden. Natürlich war die Unterseite auch nicht eben, lag also nicht gleichmäßig auf der Herdplatte auf. Sie dreht den Schalter auf eineinhalb. Der Speck wird glasig. Er wellt sich. Er bekommt braune Ränder. Sie gießt die Spiegeleier darüber und denkt an ihre Mutter und ihre Großmutter. Nun schneidet sie sich zwei Scheiben Brot ab, wobei sie den Laib in der linken Hand hält, mit der Rechten das Messer ansetzt und - kurz vor der Brust - dann die Scheibe in Empfang nimmt. (Das alles fällt ihr nicht ganz leicht. Wie sie überhaupt stets als etwas ungeschickt galt. - Bist du eigentlich Linkshänderin, Tante Elsbeth?, hatte der Albrecht eines Tages gesagt. - Es sieht so aus! Da war sie völlig verwundert gewesen. So etwas hatte noch nie jemand von ihr vermutet. Linkshänder war niemand in der Familie. Was für eine Idee? Sie, Elsbeth, sollte Linkshänderin sein!? Sie hatten dann nicht mehr davon gesprochen). Wie jeden Abend wird sie auch heute Milch trinken. Also zurrt sie das Ende des Ledergürtels noch einmal gegen den Kühlschrank, befreit den Dorn aus dem Loch, hält den Gürtel mit einer Hand fest, entnimmt den Milchkrug mit der anderen, gießt die Milch in ein bereitgestelltes Glas, schiebt den Krug wieder zurück an seinen

Platz und schließt und umschließt den Kühlschrank auf ihre gewohnte Art.

Die ausländische Familie hat ihre Mahlzeit beendet. Die Mutter läuft hin und her in Verrichtungen, die älteste Tochter ebenfalls. Die anderen werden schon fernsehen, denkt Elsbeth.

Während sie isst, fällt ihr Ida wieder ein. Es tut ihr Leid, dass sie so kurz gewesen ist. Morgen früh will sie bei ihr vorbeigehen und ihr anbieten, ein Brötchen mitzubringen, wenn sie nachmittags zurückkommt vom Friedhof. Mit Ida verbindet sie viel. Aber sie hat Vorbehalte. Ganz kann sie Ida Kleinborn nicht vertrauen.
- Sie ist auch aufs Geld aus, denkt Elsbeth. Beim BdM damals suchte sie auch ihren Vorteil. Zugführerin war sie, und die Gruppe hatte sich nach ihr zu richten.

Wenn sie heute an den BdM denkt, den >Bund deutscher Mädel<, hat sie auch oft ein schönes Gefühl.

>Alle Birken grünen in Moor und Heid' ...< Das hatten sie geübt für das Gaufest, und seitdem war das ihr Lieblingslied gewesen, aber die Worte hatte sie trotzdem nicht so genau behalten.

Und zum Gaufest hatte sie sich dann die Kletterweste kaufen dürfen. Sie hatte sich eine dunkelbraune ausgesucht. Sie fühlt den Stoff noch, wenn sie es sich vorstellt. Da hat sie irgendwie dran gehangen an der Kletterweste und an dem Lied - grünen in Moor und Heid'. Sie hört sich vorsichtig singen. Und dann war der Führer so ein Verbrecher gewesen und hatte sie alle betrogen und das große Unglück über die Deutschen gebracht.

Einmal wollten sie mit dem BdM eine Fahrt an den Edersee machen. In Zelten sollten sie schlafen. Sie wollte auch mit, hatte die Anmeldung abgegeben, aber da kam was dazwischen. Man schrieb von Assfeld eine Karte, sie, die Elsbeth, sollte den Verwandten beim Heumachen helfen - weil doch die Männer alle im Krieg, und die Frauen es alleine nicht bewältigten. - Dafür bekam sie dann zwölf Eier und ein Stück Speck, und wenn sie im Herbst wieder käme, und der Krieg noch nicht zu Ende sei, dann könne sie bei dem Kartoffelausmachen mithelfen. Ein junger Rücken kann sich ja noch besser bücken! Und dann würde man ihr einen halben Zentner Kartoffeln mitgeben, den sie gewiss gut gebrauchen könnte, auch besonders, wenn mal die Kinder aus Thüringen da wären, die ja sicher Hunger hatten.

Nun war es ja so, dass die Kinder, das heißt, die Schwester mit den Kindern, nicht zu Besuch kamen, weil sie ja dachten, der Krieg könne jeden Tag zu Ende sein und dann wäre der Schwager heimgekehrt - nach Thüringen - und hätte seine Frau und seine Kinder nicht vorgefunden, wo er sich doch sicher auf die Rückkehr gefreut hätte, weil er den Hansi, sein eigenes Kind, noch nicht gesehen, und die anderen drei auch so lange nicht - meistens war kein Heimaturlaub für ihn übrig, weil er den anderen in der Kompanie stets den Vortritt ließ. Als Offizier muss man zurückstehen können, hatte die Gerda gesagt, damals.

Und so hatte sie der Schwester fünf Eier und die Hälfte des Specks nach Thüringen gebracht und war dann länger als ein Jahr da geblieben. Jeden Tag hatte sie die Kellertreppe geputzt (weil die Schwester es gern sauber hatte) und eingekauft. Wenn Kohlen kamen, hatte sie - gemeinsam mit der Zugehfrau -Kohlen in den Keller getragen. Die Briketts an der Wand aufgeschichtet. Einmal hatte man auch Fremdarbeiterinnen aus Polen beantragt, weil der Kleine getauft werden sollte und so viel Arbeit war mit den Vorbereitungen und dem Backen. Die Polenmädchen hatten gut gearbeitet, sie sagten auch nichts. Später hatte die Gerda ihnen Suppe gegeben, die sie am Küchentisch gegessen hatten - ganz manierlich, wie die Schwester sagte. Die Nichten und Neffen hatten um den Tisch herumgestanden, und sie hatte gesagt: Das macht man nicht, geht in den Garten und spielt!

Und jeden Tag, wenn dann die Kinder gewaschen und gefüttert waren und es auf sechs Uhr zuging, musste sie sich fertig machen und zum Bahnhof gehen, weil dann der Sechsuhrzug gekommen war, und dann musste sie am Bahnhof an der Poststelle anklopfen und nach der Feldpost vom Schwager fragen und den Brief mitbringen, denn der Schwager schrieb jeden Tag an seine junge Frau, die zu Hause mit den kleinen Kindern im fremden Thüringen saß, jeden Tag, wenn es sich einrichten ließ im Krieg. Sie hatte ja Verständnis, dass die Schwester den Brief sofort wollte und nicht wie die anderen Frauen am nächsten Morgen mit dem Postboten. Die Gerda hatte sich eben besonders gefühlt, und sie selbst war ihr zuliebe jeden Abend den Feldweg zum Bahnhof gegangen, auch als es schon kalt wurde. Und einmal, da hatten die Postleute gesagt: Kommen Sie doch mal rein zu uns, Fräulein Elsbeth, Sie sind ja ganz durchgefroren. Trinken Sie doch mal ein Schnäpschen mit uns! Da hat sie gedacht: Wer bin ich, dass ich mit diesen Männern nicht ein

Schnäpschen trinken sollte, wo sie immer so nett sind und mir die Post für die Schwester schon am Abend vorher heraussuchen. Sie ist also rein gegangen in die Poststube, und es war richtig gemütlich, und sie hat mit den Männern ein Schnäpschen getrunken und sie haben erzählt und gelacht. Und dann hat sie plötzlich einen Schreck gekriegt und ist vom Stuhl hoch und hat gerufen: Der Brief! Die Schwester wartet doch auf den Brief vom Schwager! Und die Männer haben ihr den Brief rausgesucht, und sie ist gerannt, und es war schon dunkel, als sie ankam. Die Gerda hatte die Kinder schon im Bett und ihr den Brief abgenommen und gefragt, wo sie so lang gewesen sei? Und als sie alles erzählt hatte, sie war doch noch jung, siebzehn oder achtzehn, und was war schon dabei, wo die Männer immer so nett waren, - als sie alles erzählt hatte, da hat die Gerda ihr schwere Vorwürfe gemacht, das tät man doch nicht, mit solchen Männern etwas trinken, und sie, die Gerda, habe doch auch die Verantwortung für ihre jüngere Schwester, die jetzt bei ihr lebe und helfe. Danach hatte sie kein gutes Gefühl mehr, wenn sie abends den Brief abholen musste. Heute denkt sie, dass sie richtig gehandelt hat, mit den Postmännern einen Schnaps zu trinken. Denn sie, Elsbeth Sundermann, ist nichts Besonderes und nicht zu fein, mit den Leuten freundlich zu sein.

Sie sollte ein Jahr in Thüringen bleiben zur Hilfe. Dazu musste sie sich polizeilich anmelden. Als dann die Aufforderung vom Reichsarbeitsdienst kam, sich am Dienstag um zehn Uhr in Schmalkalden im Gesundheitsamt einzufinden zur Musterung, da hatten sie einen Schreck gekriegt! Die Schwester hatte sich aber sofort hingesetzt und für sie einen Brief geschrieben, den sie mitnehmen sollte. Dass sie dringend in ihrem Haushalt zu ihrer Unterstützung gebraucht wurde, sie, Frau Gerda Groß, geborene Sundermann, sei ja allein hier in Thüringen, weit ab von der übrigen Familie und den Verwandten. Der Mann, Herr Arnold Groß, sei im Krieg. Zu ihren vier Kindern habe sie keinerlei Hilfe, wenn ein Kind erkranke, zum Beispiel. Sie brauche also ihre Schwester, Fräulein Elsbeth Sundermann, geboren am 2. Mai 1921, dringend zur Mithilfe im Haushalt und bei den Kindern. Man bitte also um Freistellung vom Arbeitsdienst.

Da war sie dann mit dem Siebenuhrzug nach Schmalkalden gefahren, den Brief in der Tasche, und hatte schon im Zug zwei Mädchen kennen gelernt, die auch zum Arbeitsdienst eingezogen werden sollten. Die eine kam aus Rotterode, die andere aus Steinbach-Hallenberg. Sie drei waren die ganze Zeit über zusammengeblieben und hatten sich richtig ein bisschen angefreundet. Als alles vorbei war, hatten sie sich sogar noch ins

Café Fiban gesetzt. Kuchen gab es ja nicht. Aber sie hatten Kaffee getrunken, Muckefuck. Den trinkt sie ja heute noch, denkt sie. Das kann nie jemand verstehen, dass sie seit der Kriegszeit Malzkaffee trinkt. Oder Milch. Die Mutter hatte noch das Korn selbst geröstet in der Pfanne auf dem alten Kohlenherd - und gewendet mit dem Holzlöffel.

Die Untersuchung im Gesundheitsamt. Nein. Daran wollte sie gar nicht denken. Sie wusste ja von nichts was. Keiner hatte ihr was gesagt.

- Warum hast du nicht zuerst den Brief abgegeben, fragte Gerda zu Hause. Vorwurfsvoll. Denn es hatte der Schwester Leid getan, dass Elsbeth auf Geschlechtskrankheiten untersucht worden war.
- Aber bitte, setzen Sie sich hier oben herauf! Ausziehen vorher. Nur untenherum. Das genügt.

(Danach war sie nie wieder zu einem Gynäkologen gegangen, bis heute nicht).
Der Arzt kam mit dieser großen Taschenlampe. Sie hatte Todesangst. Sie musste die Beine spreizen und die Oberschenkel in zwei schwarze Schalen legen. Oben an der Zimmerdecke war ein Wasserfleck.
Sie wollten gucken wegen Geschlechtskrankheiten. Dafür musste sie Verständnis haben.
Nie mehr hatte sie die Beine auseinandernehmen können. Sie war ja noch jung damals und wusste von nichts was.

Später wurde sie dann gelegentlich gefragt: Warum hast du eigentlich nicht geheiratet, Elschen? Den Anschluss verpasst? Und dann hatte sie einfach gesagt: Es hat mich keiner gewollt.

Als sie mit den Untersuchungen fertig waren und im Café Fiban saßen, da war nur eine von ihnen dreien eingezogen worden. Das war die aus Rotterode. Die andere, die Große, die so schwarze Haare hatte und eine niedrige Stirn, war auch froh gewesen, dass sie sie nicht genommen hatten, weil sie nämlich einen Tumor festgestellt hatten im Gehirn.

Und sie selbst hatte ihren Brief abgegeben. Daraufhin hatte sie noch zu zwei weiteren Herren gemusst. Sie wurde noch einmal nach den Umständen bei ihrer Schwester gefragt. Und als sie es erzählt hatte, wo ihre Eltern lebten und Geschwister und der älteste Bruder im Krieg, wie auch der Schwager, der Herr Arnold Groß, da hieß es dann, sie sei freigestellt zur Unterstützung ihrer Schwester und deren vier Kinder - für ein Jahr.

Und als sie im November eines Morgens in der Küche Kartoffeln schälte und diese immer längs in Stücke schnitt, wie ihr die Schwester angewiesen, und wie diese es in ihrem Kochlehrgang gelernt hatte, da legte Gerda ihr die Zeitung mit den Todesanzeigen auf den Küchentisch (alles Kreuze, gefallen auf dem Felde der Ehre, Jungen, wie der Albrecht heute) und fragte: Anneliese? War das das Mädchen von Schmalkalden? - Da war sie schon tot von ihrem Gehirntumor und hatte nicht zum Arbeitsdienst gebraucht.

Und als der Klaus fiel, eineinhalb Jahre später, und sie selbst schon wieder zu Hause war, weil die Gerda ein Pflichtjahrmädchen hatte, da hieß es: Elsbeth, fahr du nach Thüringen und sag es der Schwester. Und sie war noch so jung und hatte nun diese schwere Aufgabe zu erfüllen.

Der Vater ging zur Post und schickte ein Telegramm nach Thüringen, damit sich die Gerda nicht so erschreckt. >Elsbeth kommt Dienstag 17.10 Uhr, Vater.< Damit die Gerda nicht sofort einen Verdacht hat, hatte sie nur ein schwarzes Kleid angezogen, aber braune Seidenstrümpfe, nicht schwarze Seidenstrümpfe, wie es sich gehört hätte, sondern braune Strümpfe, eben wegen der Gerda.

- Ist denn was? hatte die Schwester abends gefragt, als die Kinder im Bett waren. Da hatte sie sofort mit dem Weinen angefangen, und die Schwester hatte nur gesagt: Der Klaus? Und sie hatte nur zu nicken brauchen, und dann hatten sie im Wohnzimmer gesessen, bis der Ofen aus war, und sie so kalt und so müde waren, dass sie nicht mehr weinen konnten.

- Hoffentlich kommt der Arnold gesund zurück, sagten sie dann. Aber er kam nicht gesund zurück.

Am nächsten Morgen sagte die Bärbel zu ihr: Tante Elsbeth, du siehst wie eine Hexe aus, und Sommersprossen hast du auch. (Vielleicht hatte sie doch eine Judennase?) Die Gerda meinte, mach dir nichts draus, das Kind hat das gesagt, weil du ihm mit dem schwarzen Kleid so unheimlich warst. Und zur Bärbel sagte sie: Schäm dich, so was sagt man nicht zur Tante Elsbeth!

Drei Wochen später fuhr sie wieder nach Hause, weil die Mutter auch Unterstützung brauchte wegen Klaus und sie nicht zum Grab gehen konnte.
Und sie selbst hatte eine Stelle bei Lattermeier und Söhne im Papierlager gekriegt.

Jenen Morgen vergisst sie nie. Wie sie hinten in der Auslieferung arbeitete im schwarzen Kittel, man hatte schwarze Kittel an, sie sowieso, weil der Bruder gefallen war, die anderen, weil das die Arbeitskleidung darstellte, und plötzlich die Tochter vom Chef mit dem schiefen Gesicht kam und leise meinte: Fräulein Sundermann, Sie möchten bitte nach vorne kommen! Gleich hatte sie wieder so ein beklemmendes Gefühl und das Haar zurückgestrichen und überlegt, ob der Chef etwas an ihr auszusetzen hätte. Sie war immer pünktlich gekommen, hatte nie viel gesprochen, warum denn nach vorne kommen? Der Chef guckte nur und zeigte auf die Dame vom Arbeitsamt: Fräulein Elsbeth Sundermann? Geboren am 2. Mai 1921? Das war sie. - Sie sind dienstverpflichtet zur Geschäftsstelle der Kreisbauernschaft. Haben Sie noch persönliche Kleidung oder Gegenstände hier? Nein? Dann kommen Sie bitte mit. Und der Herr Lattermeier (von Lattermeier und Söhne) stand auf und gab ihr die Hand: Auf Wiedersehen, Fräulein Elsbeth, alles Gute!

Draußen schien die Sonne. Das vergisst sie nicht. Alles war ein bisschen zu hell und zu glänzend. Sie im schwarzen Kittel. Neben ihr die Dame vom Arbeitsamt. Licht. Wie Wirbel.

Wer guckte hinter den Fenstern? So lang war die Straße. Leute mit Einkaufstaschen. Der alte Milch-Möller im weißen Kittel und mit Wollmütze stand neben dem Lädchen. Ein paar Kinder kamen schon aus der Schule. Die Schranke war geschlossen. Vor ihnen die Mettbach-Leni mit dem Handwagen. Als ob ihr der schwarze Kittel in die Haut gebrannt wurde! Elsbeth am helllichten Tag, so wie sie war, weg von der Arbeit, ohne Vorbereitung, ohne Auf-Wiedersehen und Danke, ohne den Arbeitskittel abgelegt zu haben, dienstverpflichtet! Durch den ganzen Ort! Wie hieß die Frau vom Arbeitsamt noch? Sie hat es vergessen. Aber, dass sie so bloßgestellt war, das vergisst sie nicht.

Und dann hatte sie also eine Stelle bei der Kreisbauernschaft. Der Kreisbauernführer war der dicke Henk aus Audorf. Sie wurde zu den Metzgern eingeteilt. Wenn sie heute zurückdenkt, das war im Grunde interessant. Aber auch viel Ärger gab es. Die Abrechnung der Bezugscheine musste ja stimmen.

- Fräulein Sundermann, drücken Sie doch mal ein Auge zu! Sie wissen doch, wie es ist!
Natürlich wusste sie, wie es ist, die Lebensmittelmarken waren knapp, besonders die Fleischmarken. Da ging schon mal beim Metzger ein Stück Wurst schwarz über den Ladentisch. Sie hatte natürlich ihre Vorschriften und durfte nur Bezugscheine für Rind- und Schweineanteile geben, wenn auch entsprechend Fleischmarken vom Metzger abgeliefert wurden. - Es soll ihr Schaden nicht sein! sagte schon mal einer und wollte ihr im Zeitungspapier was neben die Schreibmaschine legen. - Da, stecken Sie es weg, freut sich auch die Mutter! Das stimmte, die Mutter hätte sich gefreut über ein Stückchen Wurst. Aber sie hatte nie etwas genommen. So etwas kann machen, wer will, dachte sie damals und denkt sie auch heute noch. Und wenn die Ida Florin sagte, du hast Glück, arbeitest beim Reichsnährstand!

Dann hatte sie geantwortet: Wie meinst du das? Und die Ida war still gewesen. Natürlich, die Käthi war da anders, wenn die zum Metzger ging und der Laden war leer, dann sagte sie schon mal: Ich bin die Schwester von Fräulein Sundermann an der Bauernschaft! Und strahlte, wie die Käthi das so machte. Und abends sagte die Mutter: Er hat es gut gewogen! Wenn Käthi einkauft, wiegt er gut.

Zwei Monate später war die Bauernschaft hier ins Haus gezogen, wo jetzt der Rechtsanwalt seine Kanzlei hat, und sie brauchte nur morgens die Treppe hinunterzugehen und mittags wieder hoch, und alle im Büro wussten, was die Mutter gekocht hatte, und fragten: Hat denn das Sauerkraut geschmeckt?
Die Käthi wollte sich verloben und tat es dann auch: Komm mir nicht mit einem Kind in deinem

Alter!, sagte die Mutter. Es ist Krieg und Leid genug.
Später ging dann die Verlobung wieder auseinander, weil sie so beengt wohnten, und es nicht genug zu essen gab und man nicht auch noch den Karl-Heinz durchfüttern konnte, sagte die Mutter.

Die Käthi machte sich trotzdem so eine moderne Hochfrisur mit Kämmen und ging stolz über den Bahnhofsplatz. Und die Zwillinge wurden auch schon konfirmiert - obwohl sie ja Nachzügler waren - und der Herr Pfarrer sagte: Wir leben in einer großen Zeit. Aber die Mutter konnte nicht mehr froh werden, weil der Klaus im Feld geblieben war. Am Vater hatte sie auch keine Unterstützung, weil er - nach dem Vorfall damals - sich nicht mehr viel einmischte.
- Dafür ist er jetzt Mitglied in einem frommen Verein, sagte die Mutter.

- Da gibt er manchen Groschen hin, und wir alle müssen mit ihm büßen.

- Man muss Opfer bringen, sagte die Tante, wenn die Mutter am Tisch saß und guckte, - für den Führer und das Volk.

- Geh mir weg mit dem Führer, sagte die Mutter, - geh mir weg mit dem.

Und die Käthi erzählte dann, die Zigeunerfamilien, die der alte Graf auf der >Lause< angesiedelt hatte aus Dankbarkeit, weil ihm einmal einer von denen das Leben gerettet hatte, die sollten wegkommen, weil sie ja Probleme hatten mit der arischen Abstammung.

Da hatte die Mutter gesagt: Das kann doch nicht richtig sein, dass man die armen Leute da weg schafft. Und der Vater hatte geantwortet: Sie werden schon wissen, was sie mit den Zigeunern machen. Uns geht das nichts an! Und die Käthi soll auch ihre Nase nicht in alles reinstecken.

- Aber der alte Graf hätte seine Hand über die Leute gehalten, wenn er noch gelebt hätte, hatte die Mutter dann noch gesagt, und der Vater war aufgestanden und hatte am Bahnhof ein Bier getrunken, obwohl die Mutter es nicht wollte, dass er Geld ins Wirtshaus trug.

- Und nach dem Krieg hörte man erst alles von den KZs und sah die Filme, denkt Elsbeth.

Sie spült, Pfännchen, Teller, Glas und Besteck, trocknet auch alles sorgfältig ab, stellt die Dinge an ihren Platz.

- Die Leute vergraben die Sachen! Hatte der Vater eines Tages gesagt und die Gabel neben den Teller gelegt und nicht weiter gegessen.

- Man weiß nicht, ob die Flieger nicht auch hier Bomben abwerfen. Frau, stell zusammen, was wir retten wollen. Der Ulrich soll's hinterm Haus vergraben. Wenn alles vorbei ist, hat man was gerettet!

Und die Mutter hatte nun das gute Service in Zeitungspapier gepackt. Jeden Teller in den Völkischen Beobachter. Obwohl der Vater gesagt hatte: Zeitungen nimmt man nicht für so etwas, weil da das Datum draufsteht und alles. Hast du nichts anderes? - Nein, hatte die Mutter geantwortet, wir müssen das Zeitungspapier nehmen, sonst gehen die Sachen kaputt. - Willst du die gute Vase, die ich aus dem Weltkrieg aus Frankreich mitgebracht habe, auch vergraben? Die ist doch zu schade für die Erde. Der Müller hat gesagt, sie ist wertvoll, weil Daumier draufsteht. - Wenn sie wertvoll ist, wird sie auch vergraben, hatte die Mutter gesagt.
Und dann musste der Ulrich aus der Werkstatt heimlich hinter dem Rücken des Meisters Bretter mitbringen für eine Kiste, und der Vater klopfte

alle Nägel aus einem Holzkasten und schlug sie gerade, dass man sie noch mal verwenden konnte. Der Ulrich zimmerte also das Kistchen, und die Mutter sperrte die Tür ab, falls die Ida Florin vorbeikäme, die war schon als junges Mädchen neugierig, als sie noch Florin und nicht Kleinborn hieß.

Alles wurde hineingepackt. Auch das Silber von der Urgroßmutter. Obwohl die Mutter meinte, das sollte lieber an einen gesonderten Platz, weil es noch ein Andenken war und selten gebraucht.

Wie einfach wäre das heute gewesen mit der Verpackung, fährt es Elsbeth durch den Kopf. Man hätte nur Plastiktüten genommen oder Tupperware. Und sie schaut hinaus auf den Hof und kann in der Dämmerung kaum noch die Stelle erkennen, wo früher ein kleiner Gemüsegarten war, in der Nachkriegszeit dann das Behelfsheim und nun schon lange die Parkplätze für die Angestellten der Kanzlei mit der Teerdecke, die nach jedem Frost ausgebessert wurde. Und untendrunter irgendwo, im Kistchen, das der Ulrich noch gezimmert, als er noch nicht eingezogen (und dann drei Wochen später gefallen war), da liegt das Geschirr und die wertvolle Vase mit dem Namen Daumier, aus Frankreich im ersten Weltkrieg vom Vater mitgebracht, und das Silber von der Urgroßmutter. Und als der Krieg vorbei war und die englische Besatzung auch wieder weg, da hatte der Vater gesagt: Wenn das Behelfsheim abgerissen wird, hol ich uns die Kiste, ich werde sie schon finden, denn der Ulrich hat mir gezeigt, wo er sie vergraben hat in der Nacht. Aber als das Behelfsheim weggebracht wurde, weil es in der Marienburger Straße wieder aufgestellt werden sollte für die Flüchtlinge, da hat der Vater mit seiner Gelbsucht im Krankenhaus gelegen. Und die Mutter hatte gesagt: Erzähl's ihm nicht, sonst regt er sich auf, weil er doch das Kistchen holen wollte, das der Ulrich noch selbst gezimmert hatte, bevor ihn uns der Hitler genommen hat. - Und niemand hat mehr von dem Kistchen und dem Service und der Vase mit dem Namen Daumier und dem Silber von der Großmutter geredet.

Und sie selbst hat gedacht, die Flüchtlinge haben ja auch alles verloren und die Leute im Ruhrgebiet von den Bomben auch. Man muss eben nicht daran denken, was man alles verloren hat, Hauptsache man lebt und man kann die Gräber von den Toten pflegen. Und wenn sie auf dem Friedhof arbeitet, denkt sie auch immer an den Klaus und an den Ulrich und wo sie beerdigt sein mögen in Russland und Polen, und dass vielleicht dort eine russische Frau Blumen hinstellt, weil sie das Grab von ihrem

Mann nicht kennt. So denkt sie sich das, und damit kommt sie gut zurecht, denkt sie.

Und wenn der Albrecht am Sonntag kommt und ihr auch seine Freundin vorstellt, dann will sie ihnen einmal die Geschichte von dem Kistchen erzählen, denn irgendwann wird sie selbst tot sein und die Gerda und die Käthi auch. Die Zwillinge haben ihre Kinder und Arbeit und kein Interesse an den alten Zeiten, aber sie weiß das alles noch gut, weil sie ja keine Familie hatte und immer viel an alles gedacht hat - wie es war und wie alles gekommen ist.

Nur dass jetzt schon wieder ein Krieg ist am Golf, das kann sie nicht verstehen, und wieder so viele junge Leute sterben müssen. Aber dass man noch mal nach Thüringen reisen könnte, das hätte sie doch nicht gedacht, und sie weiß nicht, was man davon halten soll, und ob das gut geht, weil jetzt so viele arbeitslos sind in Thüringen und Sachsen und Mecklenburg.

Sie geht hinüber ins Wohnzimmer. Als sie das Fernsehen einschaltet, wird gleich berichtet von Kuwait und Irak. Die Bomben der Amerikaner sind auf einen Bunker abgeworfen worden. Sie kann gar nicht hinsehen. Der Bunker diente Frauen und Kindern als Schutz, sagte der Sprecher. Schreiende Leute vor Trümmern. Kann es sein, dass der Bunker für einen militärischen Stützpunkt gehalten wurde? fragt ein Journalist. Raketen auf einen Bunker. Sie kann nicht hinsehen und muss ins Nebenzimmer gehen. Es scheint ihr wie gestern. Der Krieg in Deutschland. Luftschutz - ja das war der Schutz gegen den Krieg aus der Luft, gegen die Angriffe der Flieger, gegen die Bomben vom Himmel. Schutz im Keller, Schutz im Bunker. Aber für die Leute in der Unterstraße gab's keinen Schutz. Da fielen die Bomben. Nur einmal fielen hier Bomben im Ort, als einer von den Zwillingen gebrochen hatte und sie sowieso noch nicht im Bett war, weil sie ja den Flur und das Badezimmer putzen musste, da ging die Sirene und kaum waren sie im Keller und der Zwilling hatte auch noch die Kellertreppe vollgebrochen, da schlug es schon ein, und die Mutter sagte: Lasst uns ein Gebet sprechen, der Herrgott wird uns holen, er wird uns zum Klaus holen. Aber dann hörten sie das Schreien, und der Vater und der Ulrich gingen hoch, als Entwarnung kam, ob es was zu helfen gab. - Ihr bleibt bei der Mutter! sagte der Vater. Und die Käthi weinte.

Gegen Morgen sahen sie dann alles.
- Die wollten den Bahnhof treffen, wusste der Ulrich. - Ich muss weg. Unser Zug tritt heute zum Aufräumen an. Bei Grabens ist die Hauswand weg. Sie sind jetzt in der Turnhalle, weil sie nicht wissen, wohin.
- Wir müssen dankbar sein, dass wir noch leben, sagte die Mutter.

- Im Ruhrgebiet soll alles zerstört sein, sagte der Vater. Und Kassel: Du wirst Kassel nicht mehr erkennen, Elsbeth, Kassel gibt es nicht mehr!

Und als sie fünfundvierzig nach Thüringen fuhr, um alles vorzubereiten bei der Gerda, da hatte sie Kassel gesehen und nicht gewusst, wie sie denken sollte. So viel Himmel. Einen halben Tag musste sie warten, bis ein Zug nach Eisenach ging. Sie fand sich nicht zurecht. Wie liefen die Straßen? Die Häuser zerbombt. Ausgehöhlt. Ihr Krankenhaus, wo die Hammerzehen operiert worden waren? Sie fand es nicht.

Sie hatten geplant, die Gerda und die Kinder im November über die Grenze zu holen. Es gab ja dort nichts zu essen. Die Gerda musste betteln bei den Bauern in der Gegend von Erfurt. Da kam sie nach zwei Tagen nur mit drei Eiern und einem Pfund Körnern nach Hause und hatte schon alles weggegeben, Lederstiefel vom Schwager, Bettbezüge aus der Aussteuer, sogar Silberbesteck. Holt uns! Hatte sie geschrieben. Wir wissen nicht mehr weiter.

Der Vater sagte: Wir müssen alles zusammenlegen, damit wir sie rüberholen, sie können nicht mehr in Thüringen allein bleiben ohne Essen und kalt. Sie, die Elsbeth, sollte also hinfahren, und der Gerda bei der Vorbereitung helfen.

- Zieh deine Rot-Kreuz-Uniform an! sagte die Tante. Und sie tat es, obwohl sie nicht im Dienst war. Es sollte ein Schutz sein. Die Mutter sagte: Hoffentlich passiert dem Elsbeth nichts. Und sie meinte, dass sie ja nicht mit einem Kind nach Hause käme. In diesen Zeiten. Weil sie ja von nichts was wusste.

Da kam die Nacht in dem Bunker. Das musste in der Gegend von Hersfeld gewesen sein oder in Eisenach. Sie weiß es nicht mehr. Sie hatte solche Angst, dass sich einer über sie hermacht, und ihr Geld gut versteckt und aufgepasst und mit keinem geredet, nur weil sie Angst hatte vor einem Mann. Sie wusste ja von nichts was. Und einmal mussten sie durch ein Waldstück, weil die Bahnschienen zerstört waren und der Zug nicht weiterging, da war ihre Angst noch größer geworden und sie hatte gedacht, sie tut das für die Kinder, dass sie das aushält, und da hat sie es auch ausgehalten. Nach vier Tagen war sie in Thüringen, obwohl man normalerweise nur ein paar Stunden fuhr.

- Wir müssen in die Himbeeren, dann kann ich Gelee kochen, und wir haben was aufs Brot, hatte die Gerda gesagt, und der Kleine kann bei der Nachbarin bleiben. Elsbeth, frag mal, ob sie den Hansi einen Tag lang nimmt, wir gäben ihr dann einen Becher Himbeeren zu Gelee, um ihre Hilfsbereitschaft wieder gut zu machen!
- Auf Oberhof zu gibt es Himbeeren, sagten die Frauen. Also waren sie schon zum Siebenuhrzug

zum Bahnhof gegangen mit den drei Kindern und den Eimern und Töpfchen, jedes am Seil um den Bauch, damit man die Hände frei hatte zum Pflücken. Aber der Zug kam erst nach acht. Dann stiegen sie ein und in Firnau wieder aus. Sie mussten noch ein gutes Stück gehen, ein paar Frauen aus den Dörfern waren dabei. Gerda hatte gemeint: Guck auch nach Holz, vielleicht können wir es heimlich beiseite legen und dann später holen, denn die Kohlen sind zu Ende und irgendwie muss ich doch kochen, bis alles geregelt ist und wir nach drüben können. Da wusste man noch nicht, dass es noch schlimmer wird. Aber gut hatten sich die Amerikaner auch nicht benommen. Bei Hefners, hieß es, hätten die Soldaten alle Federbetten aufgeschlitzt, und die armen Leute wussten nicht, wie schlafen.

Sie hatten also nach Holz geguckt. Aber kein Ästchen und kein Knüppelchen, alles wie gefegt.

Die Frauen kannten sich aus im Thüringer Wald. Und als sie bei den Himbeeren waren, sagte Gerda zu den Kindern: Nun seid schön still und ruft nicht: Hier sind Himbeeren!, sondern pflückt sie ganz still, sonst locken wir immer mehr Leute an und für alle reicht es nicht!

Auf einmal sagte Gerda: Elsbeth, guck mal, was da drüben los ist! Und sie guckte drüben auf den Hang. Schwarz voll Soldaten. Wie die Ameisen kamen sie von überall.
- Die Kinder! dachte sie. Und die Gerda sagte: Kommt dicht zu uns, bleibt ganz nah! Eingeschlossen, umringt. Sie konnten nichts mehr denken. Der Rüdiger fing sofort an zu weinen.
- Schnellerrr, schnellerrrr, schrien die Soldaten. Sie stachen mit dem Gewehr ins Gebüsch, guckten die Bäume hoch, ließen nichts aus. Da wussten sie, dass es Russen waren. Manche Gesichter sieht sie noch heute vor sich. Sie hatte

Angst. Was wird mit uns?, dachte sie. Alle Leute aus dem Wald wurden zusammen getrieben. Den Berg hoch und schnell. Die Gudrun und die Bärbel weinten auch. - Mach einfach in die Hose, wenn du musst, sagte die Gerda zur Bärbel. Es geht jetzt nicht anders.
- Schnellerrr! Ein Soldat schlug ihr auf die Hacken. Sie traute sich nicht, sich umzudrehen. Sie duckte sich, weil sie dachte, gleich schlägt er auf den Rücken. Aber er tat es nicht. Immer weiter durch den Wald. Stolpern, aufstehen, weiter. Zum Rennsteig hoch.

Nein, da will sie heute nicht mehr hin. Der Rüdiger hatte sie zwar eingeladen, zusammen mit seiner Mutter zum fünfundsiebzigsten Geburtstag eine Reise durch Thüringen zu machen, wo jetzt die Wiedervereinigung war und alle Grenzen offen und man so einfach hin und her fahren konnte nach fünfundvierzig

Jahren. Aber sie hatte nein gesagt. Fahrt ihr alleine! Da will sie nicht mehr hin.

- Zieh dir das Kopftuch ins Gesicht, hatte die Schwester ihr zugerufen, denn sie verstanden ja kein deutsch. Dafür hatte ein Soldat ihr das Gewehr an den Rücken gehalten: Nicht sprrrächen!

Sie hatte sofort gewusst, warum sie das Kopftuch ins Gesicht ziehen sollte, denn man hatte ja gehört, wie die Russen in Berlin all die Frauen geschändet hatten. Und sie wusste ja von nichts was, - und wenn sie gemerkt hätten, wie jung sie war.

- Nimm die Gudrun auf den Arm, hatte die Gerda noch rausgequetscht und dazu in eine andere Richtung geguckt, aber der Soldat hatte es gemerkt und wieder gebrüllt: Nicht sprrrächen!

Und sie hatte die Gudrun auf den Arm genommen, denn man hatte auch gehört, dass die Russen kinderlieb waren. Gerda trug den schweren Rüdiger und stolperte. Die Bärbel musste mit ihren Himbeeren und der nassen Hose allein gehen und schrie immerzu: - Was machen die mit uns?

Es waren zwei oder drei Stunden bis sie auf dem Rennsteig waren. Und obwohl noch so jung und kräftig, denkt sie heute, war sie nie mehr so erschöpft wie damals. Vierzig oder fünfzig Menschen hatten sie aus dem Wald zusammengetrieben. - Wir hatten keine Möglichkeit mal hinter einem Baum oder im Gebüsch zurückzubleiben - wie ein paar Frauen - mit den weinenden Kindern, erzählte die Gerda später immer.

Hier oben auf der Straße - die sie heute wieder den berühmten Wanderweg nennen – mussten sie nun alle - einer neben dem anderen -

aufgereiht stehen. Holz- und Beerenfrauen, ein paar alte Männer und die Kinder.
Ein Offizier sortierte nach rechts, nach links. Und nun hatten sie zum erstenmal Glück in ihrem Leben. Sie kamen nach links: Mutter, Kind - das war sie selbst mit Gudrun, Mutter, Kind, Kind - und das war die Schwester mit Rüdiger und Bärbel -, Großvater, Großvater.


- Gehen!
Und sie standen und begriffen nicht.
- Gehen!
Wohin nur?
- Gehen! Los!
Gerda flüsterte: Die meinen, wir können gehen.
Und dann gingen sie.

Aber sie war nicht sicher, ob die Russen nicht doch noch schießen würden.

Aber sie schossen nicht.

Keiner drehte sich um. Auf dem Rennsteig. Durch den langen Thüringer Wald. Sie wussten keinen Weg. Die Kinder weinten nicht mehr.

Die Soldaten waren auf einmal weg. Die Truppe hatte wahrscheinlich eine andere Richtung genommen.

Was mit den Pilz- und Beeren- und Holzfrauen von rechts geschehen war, hatten sie nie erfahren. Verschleppt? Gefangenschaft?
Sie setzten sich an den Straßenrand.
Ja, da, wo neulich jemand - ein Angeber, findet sie - mit dem Fahrrad entlang fuhr. >Ein Wessi mit Fahrrad und Zelt den Renn-Steig entlang<, so stand es in der Zeitung.
Die Kinder hatten Hunger. - Dann essen wir jetzt erst die Himbeeren, entschied die Gerda. Sie hatte immer Tatkraft. Aber schwer war es auch

für sie. Der Mann in Stalingrad geblieben, und nun sie hier im Wald mit den Russen.

Einer der beiden Opas hatte Brot. Sie tauschten eine Scheibe Brot gegen eine Hand voll Himbeeren. Kein guter Tausch für den alten Mann, dachte sie.

- Roh schmecken Himbeeren auch viel besser, sagte die Bärbel und wollte sie trösten, dass es nun kein Himbeergelee gab.

Dann standen sie auf. Keiner konnte sich orientieren.

- Irgendwann werden wir an ein Dorf kommen. Wir gehen einfach weiter. Solange es hell ist, gehen wir einfach weiter, sagte die Gerda.

- Ob wir den kleinen Hansi noch mal wiedersehen?, dachte sie. Und dann war das zweite Glück an diesem Tag gekommen. Eine Kuh fraß plötzlich vor ihnen am Straßenrand. Da wussten sie alle, wo eine Kuh ist, sind auch Menschen. Sie waren also der Kuh gefolgt, hatten die müden Kinder und die beiden alten Männer hinter sich her geschleppt, und als es dämmrig wurde und sie sah, wie die Gerda heimlich heulte, da hatten sie auf einmal den Kirchturm gesehen, und der alte Mann mit der Mütze sagte: Das ist Oberschönau!

Und am Dorf standen schon die Leute und wussten, was passiert war. Dass der Russe jetzt in Thüringen ist und der Ami abgezogen. Ein Bauer hatte sie später mit seinem Fuhrwerk nach Hause gefahren. Die Kinder waren unterwegs eingeschlafen. Am Ortseingang hing die Fahne mit Hammer und Sichel.

Den Hansi hatten sie dann auch wiedergekriegt. Die Nachbarin hatte ihn zu sich ins Ehebett gelegt, weil da ja Platz war, denn der Mann war ein Nazi gewesen und hatte sich verstecken müssen und konnte nur gelegentlich nach Hause kommen und frische Wäsche und Brot holen.

Und dass sie der Nachbarin keine Himbeeren mehr geben konnten, dafür hatte diese Verständnis.

Der Vater schrieb, er hätte einen Herrn gefunden, der die Leute für Geld über die Grenze bringe, denn weil jetzt Thüringen russische Zone geworden war, sei keine Zeit zu verlieren. Der Herr werde gut bezahlt, und sie könnten sich ihm anvertrauen. Polizeilich abmelden sollte man sich vorsichtshalber nicht, um keinen Verdacht zu erregen. Auch den Kindern sollte man erst einen Tag vor der Abreise, wenn sie nicht mehr mit anderen zusammen kämen, davon sagen.
Viel mitnehmen würde man nicht können. Die Schwester und sie besprachen sich. - Dann kamen täglich neue Flüchtlinge. Zwei Familien aus dem Sudetenland wurden in die Wohnung eingewiesen. Und die Gerda sagte: Sie werden sich freuen, wenn wir weg sind und sie die Möbel

haben. Aber mit den Kindern hier bleiben ohne Mann und Hilfe, das geht nicht.

Von der Nähmaschine wollte sie sich erst nicht trennen, denn in diesen Zeiten braucht man eine Nähmaschine. Wie sollte man sonst Kleider für die Kinder beschaffen? Aber die Nähmaschine blieb zurück: Nur der Volksempfänger kann mit, den stellen wir - in einer Decke - einfach auf den Kinderwagen. Ohne Radio weiß man gar nicht, was noch alles passiert!

Also sollte der Hansi auf den Steppdecken im Kinderwagen sitzen, das Radio auf den Knien. Ein Handwagen, der ein Kastenwagen war, wurde mit den Koffern beladen. Der musste in jedem Fall mit, denn Gudrun und Rüdiger waren ja auch noch zu klein für die weiten Wege, durchs Niemandsland über die Grenze, beim Warten und Schlangestehen in Friesland.

Und dann waren sie irgendwann entlaust, aber ausgehungert und, wenn sie es heute betrachtet, völlig übermüdet und verschmutzt im Westen angekommen, nach fünf Tagen.

Und zu Hause hatten sie gesorgt, dass so viele Menschen wohnen konnten. In der Wohnung hier war die englische Besatzung, weil ihnen das große Haus am Bahnhof sofort gefallen hatte, und sie wollten da ihre Kommandantur einrichten, aber das taten sie dann doch nicht, weil das Haus vom Doktor Goldberger ja frei war und ihnen noch besser gefiel. Aber die Offiziere zogen hier ein. Nur die Kellerräume überließen sie der Familie Sundermann. Die Möbel blieben oben, auch die Betten, denn die Engländer mussten ja auch schlafen, aber dass sie ihre Zigaretten immer am hölzernen Kopfteil des Ehebettes ausgedrückt hatten, das hatte die Mutter am meisten gekränkt. Später, als die

Nachkriegszeit längst vorbei war, jeden Tag hatte die Mutter die Brandflecken sehen müssen, die nur aus Mutwillen entstanden waren und Verachtung.

Unten in der Waschküche schliefen Vater und Mutter zusammen - auf dem alten Sofa. Die Zwillinge auf Feldbetten. Die Mutter hatte fast nichts mehr gegessen, weil der Ulrich noch im März fallen musste und doch fast noch ein Kind war und die Lehre noch nicht fertig hatte beim Schreiner. Man hätte ihm nicht die Einwilligung geben sollen, weil er ja erst siebzehn war. Aber der Vater hatte nicht nein sagen können, weil der Junge ja so gebettelt hatte. - Alle taten was für den Führer, nur er nicht! Die Freunde würden sagen, er sei ein Drückeberger, wenn er sich nicht freiwillig melde!
Da hatte der Vater schließlich unterschrieben, weil er ja dachte: Jetzt kommt die Wunderwaffe

und dann ist der Krieg aus. Drei Wochen später war der Ulrich schon tot und die Feldpost kam zurück, mit einem Bindfaden zusammen geschnürt. Ob er das Päckchen noch gekriegt hatte, wussten sie nicht.

Wenn die Kinder da sind, dachten sie, dann hat die Mutter eine Ablenkung und denkt nicht den ganzen Tag: Der Adolf hat uns die Jungen genommen.
An der Stadtverwaltung hatten sie gesagt, sie könnten ein Behelfsheim haben und es unten im Hof aufstellen, wenn sie jetzt noch fünf Personen aus der russischen Zone aufnehmen müssten, weil die Wohnung ja von den Engländern besetzt war.

Die Käthi hatte sich gleich mit den Engländern angefreundet und den Karl-Heinz vergessen. Käthis englischer Freund hieß Schonni, und der

Soldat, den sie selbst nett fand, der hieß Schotsch, das schreibt sich George. Die Käthi hatte gleich angefangen Englisch zu lernen, weil sie so schnell lernen konnte. Auch das Lesen hatte sie schon auf dem Sofa gelernt aus den Büchern der Großen als sie noch gar nicht in die Schule ging. Sie selbst hatte es auch mit dem Englischen versucht, gud mornink und gud iwenink und sänkju und pließ. Und einmal im Behelfsheim, da wollte ihr der Schotsch einen Kuss geben, sie hatte es gefühlt, weil er sie so freundlich anguckte und ihr die Hand auf den Arm legte. Da sah sie erst, dass er einen Ring an der Hand hatte, aber es war die linke Hand. Nun wusste sie nicht, war er verheiratet oder nur verlobt? Und wie sie noch darüber nachdachte, kam schon die Käthi mit dem Schonni rein und fragte, ob sie zwei mit an die Eder gingen, obwohl die Käthi ja genau wusste, dass ihre Schwester nicht mitkonnte, weil sie die Periode hatte. So ging die Käthi mit dem Schonni und dem Schotsch alleine an die Eder.

- Wer eine große Zeltplane besorgen könnte, hatte die Mutter gefragt. Ohne Fett kann sie nicht kochen.

- Der Herrgott hat uns die Bucheckern beschert in diesem Jahr. Nur dass die Jungen gefallen sind und auch der Arnold von der Gerda, das hat der Herrgott auch nicht verhindern können, weil der Hitler ein Verbrecher war und größenwahnsinnig. Also, beschafft eine Zeltplane, damit wir Bucheckern sammeln können für Öl. Und die Zwillinge beschafften sie. - Haben wir ausgeliehen, sagten sie, und der Vater fragte nicht, wo. Und die Mutter sagte: Tragt die Plane nach den Bucheckern wieder zurück.

Zwei oder drei Stunden mussten sie durch den Wald und dann waren sie an der Stelle und noch niemand war da, weil der Vater genau die

Buchen kannte und den Weg erklärt hatte, von der Jagd noch, die er vor dem Kriege gepachtet hatte, wusste er im Langen Wald Bescheid.

Dass er nicht mitwollte, hatte seine Gründe gehabt. Und die Mutter hatte gesagt: - Drängt ihn nicht! Und dann hatte die Mutter plötzlich zu weinen angefangen und der Vater war aus dem Zimmer gegangen. Und sie selbst hatte da schon den Verdacht gehabt, dass es mit der Jagdpacht zusammengehangen hatte, dass der Vater so lange weg war. Und erst viel später hatte ihr die Gerda eine Andeutung gemacht, dass einer ums Leben gekommen war, aber es sei ein Zigeuner gewesen, und deshalb sei der Vater auch früher entlassen worden, und weil man ja alle arischen Menschen für das Volk gebraucht hatte. Und sie hat nicht gewusst, was sie davon denken sollte und hat sich immer die kleinen Zigeunerkinder vorgestellt, die keinen

Vater mehr hatten. Aber laut gesagt hat sie nichts. Es hätte den Mann ja nicht mehr lebendig machen können, und deshalb war es vielleicht entschieden worden, dass sie den Vater früher entlassen durften. Aber wozu der Führer die arischen Menschen brauchte, das hatte sie sich damals nicht erklären können und kann es auch heute nicht.

Zuerst hatten sie die Plane unter der Buche ausgebreitet. Die Zwillinge hatten eine Räuberleiter gebildet und einer war hochgeklettert, obwohl es schwierig war, weil es bei Buchen immer schwierig ist. Er hatte die Äste hin und her gerissen und die Bucheckern waren runter gekommen wie braune stachelige Hagelkörner. Sie hatten die Samen aus den Hüllen geprockelt und geguckt, ob sie nicht taub waren. Aber sie waren nicht taub in diesem Jahr, weil der Herrgott den Deutschen doch helfen wollte in ihrem Leid, hatte die Mutter gesagt. Und als sie wieder zu Hause waren, da hatten sie alles gewogen. Und es waren siebzehn Kilo gewesen. Und die Käthi hatte gesagt: Ich will das kleine Schnitterchen, und dann hat sie die Eckern aus den Schalen geholt und war stolz, und dann wurden sie zum Pressen weggebracht. Und die Mutter konnte die Bratkartoffeln schmälzen, dass die Kinder von der Gerda was zu essen hatten. Und jeden Tag haben sie die Ölflasche anguckt, ob es noch reicht - über den Hunger.

Und die Flüchtlingsfamilie, die sie bei Kleinborns reingesetzt hatten (aber den Ausdruck reinsetzen konnte sie nicht leiden, denn sie wusste ja, dass die Leute nichts dafür konnten), die hatten so viele Kinder, und sie hießen Josephle und Mariale und Annale und waren katholisch. Und die Ida hatte ihnen eine Kommode überlassen. Darauf hatten sie eine kleine Figur gestellt und gesagt: Die Mutter Gottes hilft uns schon weiter.

Aber dann klingelte es an der Tür, und es war, als sie gerade von den Bucheckern zurückkamen und die Jungen die Plane wieder wegtragen sollten, und die Frau Zelinsky sagte: Unser Rutle ist so krank, kann das Fräulein Elsbeth, bittschön, den Doktor holen, bittschön! Da ist sie sofort rausgerannt, obwohl sie müde war von den Bucheckern, und über die Adolf-Hitler-Straße, die jetzt Hauptstraße heißt, und durchs Gässchen hoch zur Oberstadt und hat beim Doktor Kohlstock geklingelt, aber die Frau Doktor hat aufgemacht und gesagt, der Doktor musste zu einer schweren Fehlgeburt. - Wie heißen die Leute? Zelinsky, bei Kleinborns Waage am Bahnhof? Ich kann nichts versprechen, Fräulein Sundermann! Da war sie wieder durchs Gässchen zurückgelaufen und hatte schon gefühlt, dass was passiert. Und die Ida hatte aufgemacht und gesagt: - Geh rein, die Zelinskys sind alle drin.

Sie hatten die kleine Figur von der Kommode runter und dem Rutle auf die Brust gelegt und weinten nicht, nur sie, die Elsbeth, hatte geweint und geweint, weil sie den Doktor nicht hatte holen können und das Rutle nun tot war. Und weil die Flüchtlinge doch katholisch waren und es keinen katholischen Pfarrer gab, da hat der Pfarrer Dillinger die Beerdigung gehalten und gesagt, in diesen schweren Zeiten ist das Rutle gut aufgehoben im Himmel, und die ganze Familie hat sich bekreuzigt. Sie selbst hat geweint, und die Gerda hat gesagt, nimm dir nicht alles so zu Herzen, sie hatten sowieso nicht genug zu essen, mit den vielen Kindern, die Flüchtlinge.

Sie hört drüben den Fernsehsprecher noch immer über den Krieg berichten und denkt: Ich kann schon mal mein Bett zurecht machen. Dieses kleine Zimmer hatte sie sich schön eingerichtet, als alle Geschwister aus dem Haus waren, die Jungen tot durch den Krieg, die Zwillinge verheiratet, und sie nur noch mit Vater und Mutter übrig geblieben war.

- Vater, wie wäre es, wenn wir diesen alten Schreibtisch in die Bodenkammer stellten und ich einen neuen kaufte?
- Einen neuen Schreibtisch? Der alte Mann hatte sich gut vorstellen können, wie er an einem neuen Schreibtisch "Jagd und Hund" lesen und die Kreuzworträtsel lösen würde.
- Wenn du meinst, dann tu es!, hatte er geantwortet.
Und sie hatte in den Katalogen geblättert und bei Musterring-Möbel auch schöne Sachen nach

ihrem Geschmack gefunden. Nicht so nüchtern und modern, wie die Leute das in den sechziger Jahren liebten, sondern in Stil. Und wie sie alles ausgemessen hatte, da passte außer der Vitrine für die Arzt- und Bergromane von der Mutter, dem Schreibtisch, dem Sofa mit den blau bezogenen Sesselchen noch eine kleine Brücke hinein, handgeknüpft. - Unser Elsbeth kauft eine echte Brücke! hatte die Mutter gesagt. Na ja, es hat ja nicht geheiratet. Sie nannte das Zimmer Esszimmer, weil sie es nicht Herrenzimmer nennen wollte, weil der Vater ja kurz darauf starb, und Wohnzimmer wollte sie es nicht nennen, weil das Wohnzimmer ja nebenan lag.

Wenn sie es genau bedenkt, ist es ihr Schlafzimmer. Aber das braucht ja niemand zu wissen. Hier schläft sie nämlich, weil sie nie mehr im Schlafzimmer geschlafen hat, seitdem.

Sie klappt die Couch auf, nimmt die Laken, Kopfkissen und Bettdecke aus dem Kasten und breitet alles aus. Sie legt ihr Nachthemd zurecht und denkt, ob sie wohl heute ins Bett findet? Wird sie wieder im Sessel einschlafen? Sie hat irgendwie eine Unruhe. Vielleicht vom Fernsehen. Vielleicht, weil ihr alles vom Krieg wieder eingefallen ist.


Die Fotografien der Brüder stehen auf der Vitrine. Gerda kann ja nicht vertragen, dass sie die Bilder nicht an die Wand hängt.
- Sowas gehört übers Sofa! Wo wir doch den teuren Silberrahmen um den Klaus haben anfertigen lassen! (Von Ulrich gibt es nur das vergrößerte Passbild).
Sie jedoch stellt die Bilder vorläufig noch auf die Vitrine in der Ecke. Sie kann es irgendwie nicht leiden, die Toten an die Wand zu hängen. Vielleicht ändert sie das später einmal.

Auch zu einem Grabstein für den Vater und die Mutter kann sie sich nicht entschließen, obwohl die Gerda und die Gudrun ständig an ihr sind deswegen. Das sind so Eigenarten von ihr, denkt sie. Neben dem Klaus und dem Ulrich stehen Fotografien von den Nichten und Neffen und von den Großnichten und Großneffen. Der Albrecht als Schuljunge, da, als Redakteur der Schülerzeitung mit Popperfrisur, und das ganz kleine Bild: Als Student mit Freunden bei Greenpeace - immer den melancholischen Blick. Claudia mit Minirock, Sandra mit Schultüte, Christian auf dem Moped. Ob der Albrecht gleich anruft? Es muss doch bald zehn sein.

Sie geht ins Wohnzimmer und schaltet ein anderes Programm ein. Sportschau. Die sieht sie immer gern. Die Steffi siegte 6:1, 6:4, 6:2, der Boris hatte eine Pechsträhne. Eine Reportage über >Jugend trainiert für Olympia<. Schade, dass der

Albrecht nie richtig Zeit gehabt hat für Sport. >Der 7. Sinn<. Das guckt sie gern, weil der Sprecher so eine angenehme Stimme hat. Sie hatte ja nie ein Auto, wird auch selten mitgenommen. Aber >Der 7. Sinn< gefällt ihr. Alkohol am Steuer, es werden Bilder gezeigt. Und so ist es richtig: Wenn man was getrunken hat, nimmt man sich ein Taxi.

Wenn der Albrecht gleich anruft, wird sie ihm auch noch mal sagen, dass er am Sonntag vorsichtig fahren soll. Sie wird ihm etwas Geld zustecken, obwohl er im AiP - so nennt er das Praktikum im Krankenhaus - etwas verdient, damit er sich auch mal was zum Anziehen kaufen kann.
- Kauf du dir doch mal was, wird er dann sagen, oder fahr mal in Urlaub! Das machen andere doch auch.

Aber sie braucht keinen Urlaub. Was soll sie im Urlaub? Sie kann zu Hause ja tun, was sie will. Früher war sie auch nicht in Urlaub gefahren, ausgenommen die eine Reise zwei Jahre nach der Währungsreform mit Dr. Tigges nach Lugano. Mit dem Bus waren sie gefahren und in einem Hotel, direkt am See, hatten sie logiert. Und heute verwahrt sie noch ihre Reiseandenken und einen Schweizer Franken.

Es war schön gewesen, sie hatte sich gefreut an allem, an den Bergen und an dem See und dem blauen Himmel.
Die Mutter hatte gemeint, als sie am Küchentisch gesessen und ihr alles erzählte, sie hätte die Berge auch immer mal sehen wollen oder das Meer, das wäre früher ihr Wunsch gewesen, als sie alles in der Schule gelernt hatten beim Lehrer Müller, aber die vielen Kinder wollten essen und der Krieg hatte das Leid gebracht und die

Jungen waren gefallen, dann war da das Unglück mit dem Vater gekommen, und nun sei ihr die Freude am Leben vergangen. Und dass die Elsbeth nun die Freude gehabt und die Berge gesehen hätte, sei für sie, die Mutter, als hätte sie die Berge selbst gesehen.

Und im Büro hatten sie gleich gefragt, als sie aus Lugano zurück war, - na, Elsbeth, hast du denn auch eine Reisebekanntschaft gemacht? - Nein, hatte sie geantwortet und an ihre große Liebe gedacht, und dass sie ihn gar nicht vergessen kann, wenn es auch nur der eine Abend mit ihm war nach dem Turnverein.

Sie hatten an diesem Tag den großen Barren aufgebaut. Da wollten sie Schulterstand üben. Ein Holmen wurde niedrig, der andere hoch gestellt, der Hebel fest angezogen, die Matten herangeschleift. Das war noch vor der Währungsreform und die Turnhalle kalt. Ihr war

immer das Lied von der Mariandel im Kopf herumgegangen, . . . hab dein Herz am Bandel, Bandel, Bandel . . . Weißes Turnhemd, schwarze Turnhose. Die Käthi ebenfalls. Auf einmal kamen schon die Männer rein. Zu früh. Denn sie waren erst um neun Uhr dran. Der Hartmut vom Blechhäuser sei aus der Gefangenschaft zurück, hieß es. Aber sie wusste da noch nicht, dass er's war, der da rein kam, und dachte, es sei der Günter aus der Friedhofstraße, der beim Turnen mal zugucken wollte. Aber es war der Hartmut.
- Blechhäusers Hartmut ist wieder da, hatte er zu ihr gesagt und sich neben sie gestellt, den Arm hinter sie übers Pferd gelegt. Denn am Pferd hatten sie gestanden, bis sie an der Reihe waren zum Schulterstand. Das wusste sie noch genau. Später, als sie fertig waren mit dem Schulterstand, und sie irgendwie aufgeregt gewesen war und plötzlich so feuchte Hände gekriegt hatte und geglaubt hatte, sie könne

sich gar nicht mehr halten, ihre Beine auch - das fühlte sie - abgewinkelt waren, wie es nicht sein sollte, ihr auch alles Blut im Kopf stand, das aber hatte keiner merken können, weil das ja zum Schulterstand dazu gehört, als sie also fertig waren, und sie die Vorletzte! (dann kam die Ingeborg, die später Brustkrebs kriegte wie ihre Mutter) - da, als dann Schluss war und sie nach Hause wollte, hatte auf einmal der Hartmut neben ihr gestanden und gesagt: Gehen wir noch ein Stück?

Sie war einfach mitgegangen. Dieses eine Mal in ihrem Leben. Einfach mitgegangen. Und hätte doch eigentlich an die Käthi denken sollen und was die Mutter sagen würde, wenn die Käthi am Abend ins Zimmer treten würde und: Mutter, die Elsbeth ist mit Blechhäusers Hartmut!

Und wie sie so mit dem Hartmut ging und es so kalt draußen war und die Straßen still, da kriegte sie so ein Gefühl und konnte gar nicht antworten und weiß auch heute nicht mehr, was er gesagt und gefragt hat - nur - schönes blondes Haar und >Elschen<. Und dann sind sie zusammen zur >Grünen Linde< rein und haben ein Heißgetränk getrunken. Dann hat sie aber noch mehr Unruhe gekriegt und gesagt: Die Mutter wartet! Sie warten zu Hause! Und der Hartmut hat gleich bezahlt und sie nach Hause bringen wollen. Aber vorm Bahnhof ist sie schon stehen geblieben und hat gesagt, sie geht das letzte Stück lieber allein. Und ist schnell gerannt und hoch und alle haben geguckt und der Vater hat gesagt: - Bist du auch schon da? als sie reinkam. Da war ihr die Freude verdorben und dann hat sie zwei Wochen krank im Bett liegen müssen, Nierenbecken- und Blasenentzündung. - Irgendwo kalt geworden? Hat der Doktor gefragt. Und die Mutter hat die Achseln gezuckt und als der Doktor weg war, gesagt: Komm mir nur nicht mit einem Kind nach Hause! Wo es nichts gibt!

Aber sie selbst hatte ja von nichts was gewusst. Und als sie krank war, hat sie immer das kleine Bild links an der Wand angeschaut, das ein Maler gemalt hatte und der Vater zur Silberhochzeit gekauft hatte für die Mutter im Krieg, und die Mutter gesagt hatte: Das hättest du dir sparen können, jetzt wo's nichts gibt! Aber ihr hatte es gefallen, und sie hatte sich jedes Blättchen angeguckt und jedes Gräschen, als sie da im Bett gelegen hatte und der Doktor gesagt hatte: Immer schön warm halten - untenrum - Fräulein Elsbeth!

Und dann hatte die Käthi beim Mittagessen erzählt - seitdem mochte sie keine grünen Bohnen mehr, weil ihr plötzlich so schlecht geworden war - da hatte die Käthi gesagt und alle angeguckt! - auch sie, und mit der Gabel auf den Tisch geklopft: Wisst ihr denn schon das Neuerste? Blechhäusers Hartmut hat sich mit der Ella verlobt. Mit der Ella! Jawohl, mit der Ella!

Und die Gerda hatte gemeint: Na, dann kommt Geld zu Geld.

Und die Bärbel hatte gefragt: Wie macht man das, verloben?

Und einer der Zwillinge hatte gesagt: Das kann dir Tante Elsbeth erklären.

Und die Mutter hatte gesagt: Iss! Und ihn angeguckt.

Nachher hat sie gesagt, sie sei doch noch nicht so ganz gesund von ihrer Nierenbecken- und Blasenentzündung. Sie fühle sich nicht gut und gehe ins Bett. Und hat die Gräschen auf dem Bild angeguckt und die Blättchen und auf einmal angefangen zu zählen und zu zählen und immer weiter zu zählen.

Und dann war ihr Kissen ganz nass vom Weinen und Zählen, und sie hat es heimlich umgedreht, dass es keiner merkt und gedacht, das ist nun ihr Schicksal, dass sie keinen Mann kriegt.

Aber Blechhäusers Hartmut, das war ihre große Liebe.

Das Telefon klingelt. Sie schaut auf die Wohnzimmeruhr. Es mag zehn sein oder halb elf, denkt sie. Albrecht wird anrufen. Sie nimmt ab. Er will sie besuchen. Sonntag. Sie freut sich, aber sie zeigt es nicht. Vielleicht kommt ihm noch etwas dazwischen, und dann fällt es ihm schwer abzusagen, weil er sie enttäuschen muss, denkt sie.

- Ja, natürlich dürfe er seine Freundin einmal mitbringen. Es sei nicht schlimm, wenn sie nur ein paar Stündchen bleiben könnten. Sie habe Verständnis, dass er noch bei seiner Mutter und Onkel Rüdiger vorbeischauen wollte. Wenn er das nächste Mal mit zum Friedhof fahre, sei dann vielleicht schon alles grün.

Nein, Essengehen, das findet sie nicht so gut. Sie werde einen Braten machen. Einen Braten, wie ihn seine Urgroßmutter machte. Und vorsichtig sollen sie beim Autofahren sein. Heute passiert so viel!

Als sie sich in den Sessel setzt, nimmt sie sich Zeit, sich zu freuen. Sie denkt sich aus, wie wohl die Freundin aussieht und wird sie mögen, weil sie Albrechts Freundin ist.

Wenn sie jetzt umschaltet. Bericht aus Bonn? Weil sie den Nowotny so gern mag, umschaltet, umschaltet . . .

---

Da! Der Ladeverkehr. Hat sie denn die ganze Nacht hier gesessen und ist gar nicht ins Bett gegangen? Jetzt lohnt sich's auch nicht mehr. Sie blickt die geschwollenen Beine hinab und denkt, dass sie sich nach dem Frühstück etwas auf die Couch legen wird. Zuerst ins Bad, und dort bleibt sie eineinhalb Stunden, bis sie alles ordentlich erledigt hat, denn sie wäscht ihre Unterwäsche täglich, damit ihr nichts liegen bleibt.

- Duschen Sie! hat der Doktor gesagt, als sie mit dem Furunkel ins Krankenhaus musste.
- Duschen Sie täglich mehrmals, duschen Sie. Aber natürlich hatte sie nicht geduscht, weil sie nie duschte, sondern sich immer wusch, und am Sonntagmorgen, da badete sie. Warum sollte sie duschen? Die Mutter hatte auch nie geduscht.
- Dann heilt es besser! sagte der Doktor (aus Persien kommt er, hatte ihr die Schwester geantwortet). Duschen! Das sah sie nicht ein. Einmal wollte sie noch ausprobieren, ob sie gutes Heilfleisch hatte, es musste doch auch ohne Duschen heilen. Und sie hatte Recht behalten. Im Krankenhaus war sie auch nicht geblieben über Nacht. Das hatte sie gleich zur Bedingung

gemacht, auch wenn der persische Doktor eine kleine Betäubung machen musste und es für besser gehalten hatte, dass sie ein oder zwei Nächte im Krankenhaus bliebe.

- Sie leben doch allein, Frau Sundermann! (Man sagte ja heut nicht mehr Fräulein Sundermann, wie früher, wenn eins ledig war).

- Da müsse sie erst mit ihrem Großneffen Rücksprache halten, hatte sie geantwortet. Und der Albrecht hatte ihr - wie sie es schon im Gefühl gehabt hatte - am Telefon gesagt: Der Patient kann nicht gegen seinen Willen zu einer Einweisung ins Krankenhaus gezwungen werden. Sie war also nur vorübergehend in ein Patientenzimmer gelegt worden. Und es hatte sie geärgert, dass sie von der Narkose so schläfrig war, und sie war immer dagegen angegangen, weil sie unter keinen Umständen die Nacht im Krankenhaus hatte verbringen wollen. Die Gudrun hatte also versprochen, sie abends um sieben wieder aus dem Krankenhaus abzuholen. Und es auch getan, obwohl Glatteis war und sie mit dem Wagen sogar rutschten oben am Krankenhausberg. Und zu Hause hat sie sich mit dem Verband und der Narkose in den Sessel gesetzt, und die Gudrun hat gesagt: Geh ins Bett, Tante Elsbeth! Und hat sich selbst in das Bett von der Mutter gelegt (in dem diese doch gestorben war vor dreizehn Jahren) und geschlafen, weil einer bei ihr bleiben sollte, - hatte der Doktor gesagt, - wegen der Narkose, und eigentlich könne er wirklich nicht verantworten, dass sie nach Hause gehe, aber da habe ihr Großneffe, der Medizinstudent, schon Recht, zwingen könne man den Patienten nicht.

Nein. Da ist sie komisch. Mit dem Schlafen ist sie komisch.

Sie dreht den Wasserhahn am Waschbecken fest zu. Tropft auch nichts mehr?

In der Küche schiebt sie die Gardine beiseite. Die türkische Familie frühstückt. Das muss ein Gebäck sein. - Gleich werden die großen Kinder zur Schule gehen, denkt sie. Die Leute winken. Elsbeth Sundermann winkt zurück.

Es schellt, und sie wundert sich.

Wer mag am Morgen schon kommen? Ob die Gudrun schon von der Geschäftsreise zurück ist? - Es wird die Gudrun sein, denkt sie, und geht zur Gegensprechanlage, die der Anwalt im ganzen Haus hat einbauen lassen. Sie brauche keine Gegensprechanlage, solange sie noch die Treppen laufen könne. Und wenn sie nicht aufmachen wolle, dann mache sie nicht auf. Aber er hatte nicht locker gelassen, es werde eine Sprechanlage installiert, man müsse auch an später denken. - Wie meinen Sie das?, hatte sie gefragt, obwohl sie sich gut hatte vorstellen können, dass er nach ihrem Tod ihre Wohnung schnell zu Büroräumen umbauen würde. Er hatte sich herausgeredet und nicht genau erklärt, wie er das meint, und sie hatte auch nichts mehr gesagt, sondern sich ihr Teil gedacht.

- Gudrun? Ihr seid schon zurück? Dann komm mal hoch. Ich habe noch gar nicht gefrühstückt.

Plötzlich fühlt sie sich nicht wohl. Weil sie so wenig geschlafen hat? Eine Unruhe. Es war doch nichts passiert?
Gudrun kam gewöhnlich schneller die Treppen hoch. Warum dauerte es so lange?
- Tante Elsbeth! Lass uns zusammen frühstücken!
- Ja, der Heinz fährt ins Büro. Wir sind gestern Abend zurückgekommen.
- Viel Verkehr?
- Viel Verkehr. Schlimm, der Verkehr!

Gudrun erscheint ihr auf einmal so merkwürdig. Warum hat sie ein schwarzes Kleid an? Am frühen Morgen?

Wie sie selbst damals, als sie der Gerda die Nachricht nach Thüringen brachte.
Elsbeth Sundermann kniet vor dem Kühlschrank.
Der Gürtel muss aufgemacht werden.
Gleich. Gleich.
Warum ist er so stramm?
Warum verlässt sie die Kraft?
- Kann ich dir helfen, Tante Elschen?
Irgendwann kaufen wir zusammen einen neuen Kühlschrank.
Gudruns Stimme kommt von weither.
- Einen neuen Kühlschrank, das sagt der Albrecht auch immer.
- Albrecht? denkt sie. Das schwarze Kleid! Aber braune Strümpfe. Wenn etwas passiert wäre, trüge sie schwarze Strümpfe.

Warum ist Gudrun so früh? Sie muss fragen.

Sie fragt.

- Ist denn was?

Gudrun gießt die Milch aus. Auch für sich. Trinkt Gudrun heute Milch?

Elsbeth ist irritiert.

- Albrechts Freundin hat heute morgen angerufen, Tante Elsbeth.

- Ja?

- Ein Betrunkener.

Die rote Ampel überfahren.

Er war nur kurz zur Telefonzelle rüber gelaufen, sagte seine Freundin.

Er war sofort tot.

- Wir müssen es seiner Mutter sagen.

Der Student Albrecht erhält sein Grab neben seiner Urgroßmutter.

Elsbeth Sundermann wird noch neun Jahre leben.

Jeden Tag besucht sie den Friedhof, solange sie laufen kann.

# Ursel Langhorst

## Mitreisende
**Kurze Prosa**

**Frauen Museum
Literatur Atelier**

# Ursel Langhorst
# Kreuzweidenstraße

Kurze Geschichten

Mit Bildern von Isabella Hannig

**HORLEMANN**